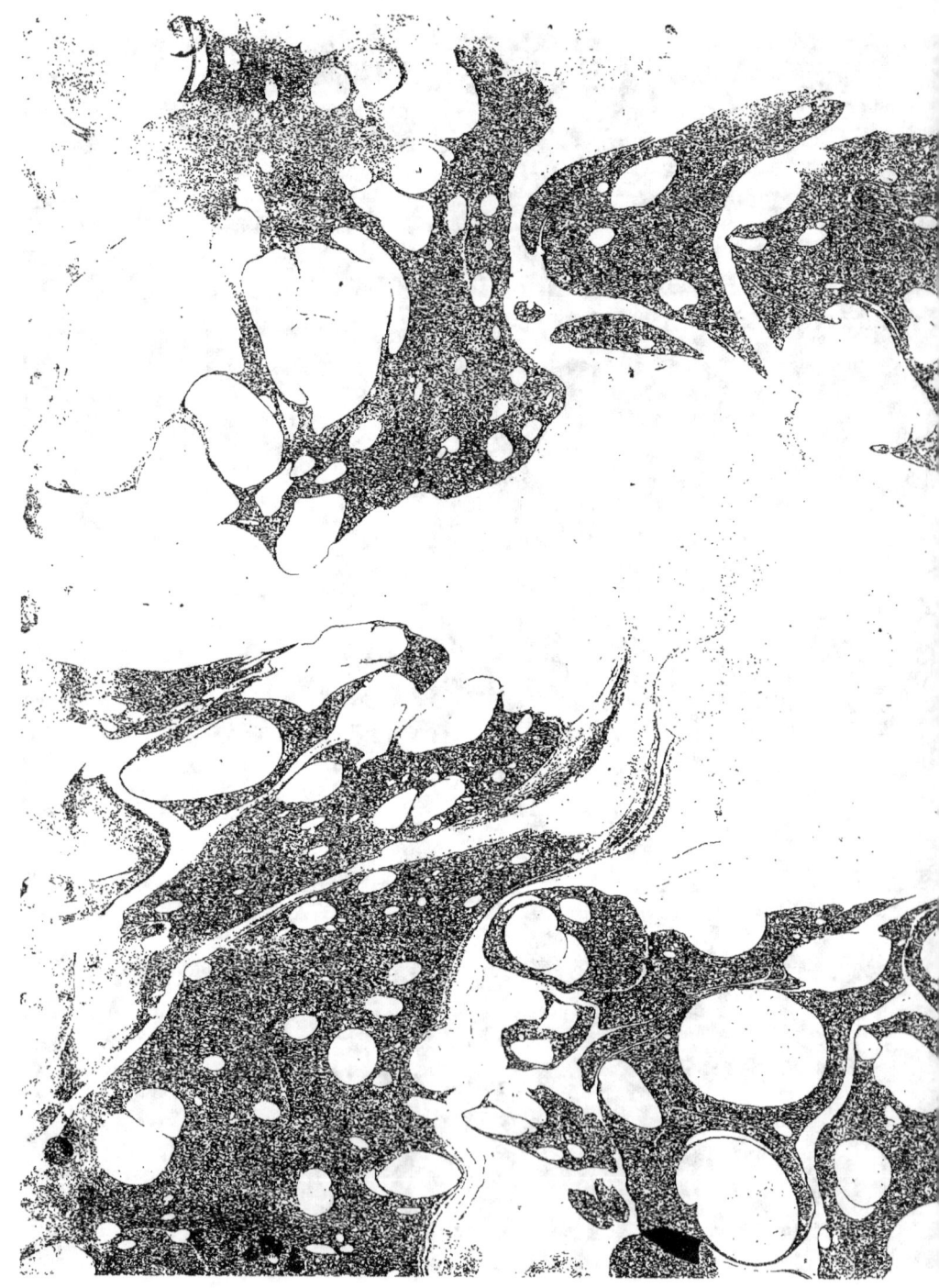

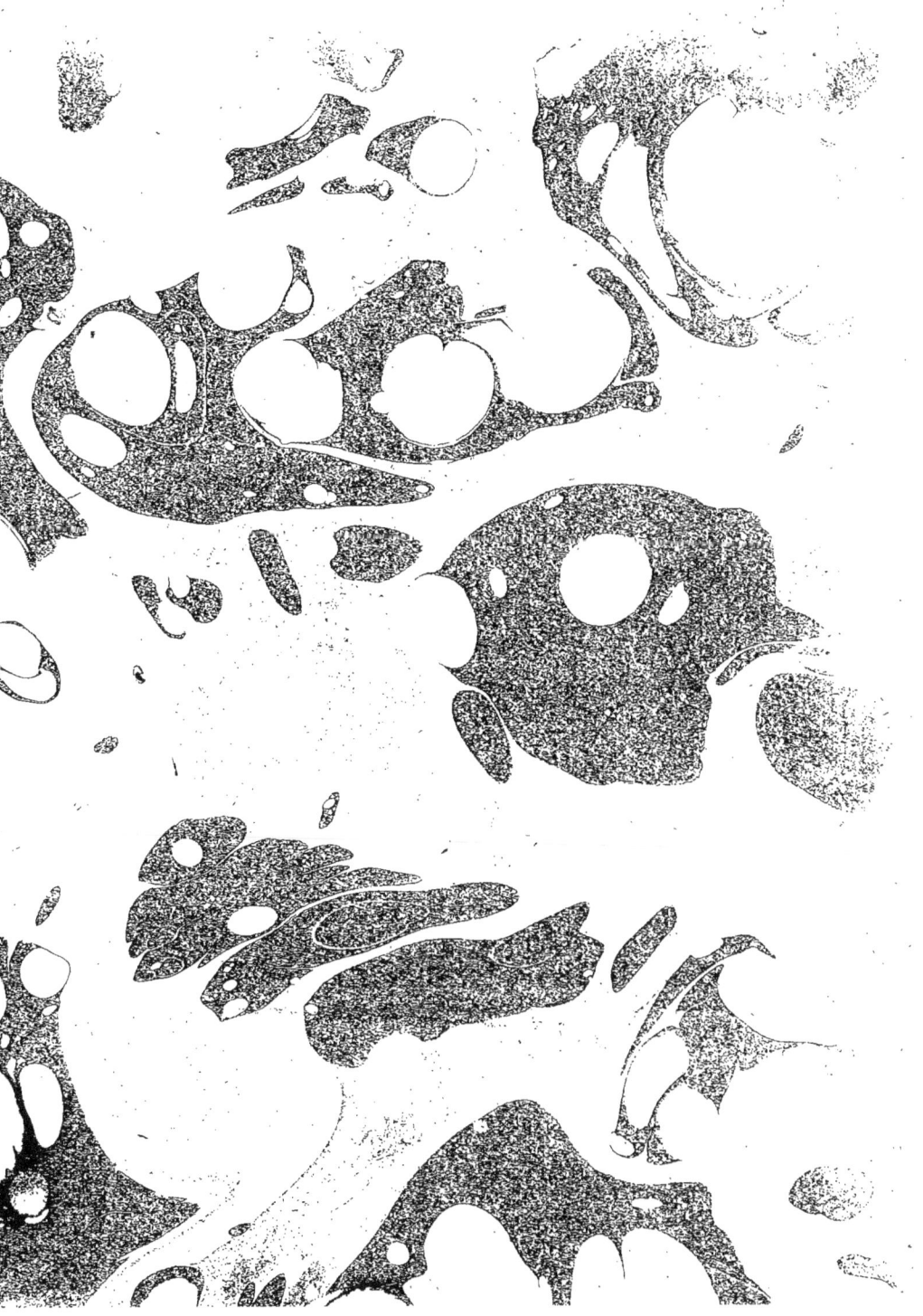

DISSERTATIONS

SUR

LA RARETÉ, LES DIFFÉRENTES GRANDEURS ET LA CONTREFACTION DES MÉDAILLES ANTIQUES,

AVEC

DES TABLES DU DÉGRÉ DE RARETÉ DES MÉDAILLES DES ANCIENS PEUPLES, VILLES, ROIS ET DES EMPEREURS ROMAINS.

LE TOUT TRADUIT DE L'ANGLOIS

DE

JEAN PINKERTON,

ET AUGMENTÉ DES INDICES NÉCESSAIRES

PAR

JEAN GODEFROI LIPSIUS.

AVEC UNE GÉOGRAPHIE NUMISMATIQUE COMPLETTE DES ANCIENS PEUPLES, VILLES ET ROIS.

à DRESDE, 1795.

CHEZ LES FRERES WALTHER.

PRÉFACE.

Ayant publié l'an 1791 une Traduction allemande de la Differtation de BEAUVAIS, intitulée: *Manière de discerner les Médailles antiques de celles, qui font contrefaites,* fous le titre: *Des Herrn BEAUVAIS Abhandlung: Wie man ächte alte Münzen von nachgemachten unterfcheiden kann,* le Journal des Savans de Leipfic, feuille 6e 1792 obferva, que j'aurois dû me fervir de l'ouvrage de PINKERTON, pour completter les Tables ajoutées à cette Traduction.

D'après cette obfervation je me mis à traduire du livre de PINKERTON: *Effay on Medals, or, an Introduction to the Knowledge of ancient and modern Coins and Medals, efpecially thofe of Greece, Rome and Britain,* (a new Edition, corrected, greatly enlarged, etc. London, 1789. II Vol. in 8.) ce qui y a rapport, comme auffi à la valeur des Médailles Romaines en Angleterre; et de plus une Notice des Médailles des Villes, des Colonies et des Rois grecs, en quoi je crois avoir rendu fervice aux Numismatiftes.

Il eft

Il eſt aiſé de voir, que PINKERTON dans ſes Diſſerta-
tions a ſouvent copié BEAUVAIS, et qu'il s'en faut de beaucoup, que ſes Tables ſoyent auſſi complettes que les ſien-
nes, la ſuite des Empereurs Romains n'y allant que jusqu' à
Romulus Momyllus etc.; mais le prix anglois des Médailles Romaines offre une addition intéreſſante à celles de l'Auteur françois.

J'ai traduit de l'ouvrage de PINKERTON tout ce qui me
paroiſſoit ou utile ou néceſſaire, par rapport aux Médailles
grèques et romaines, ſans en changer quelque choſe, excepté quelques paſſages, que j'ai omis, parce qu'il entre
trop dans le détail des Médailles angloiſes modernes, en
voulant expliquer les Médailles antiques.

Les Tables de PINKERTON des Pays, des Villes et des
Colonies, qui paroiſſent être ici changées, ne ſont qu'aug-
mentées. Cette augmentation ſaute d'abord aux yeux, parce qu' auprès des noms, qui ſont pris de PINKERTON, nous
avons laiſſé ce qu'il y a ajouté par rapport aux différens métaux, volumes et dégré de rareté des Médailles; mais nous
avons omis tout cela auprès des noms ajoutés, parceque
nous n'avons voulu nous ſervir de ces Tables que comme de
la baſe du regiſtre pour la première partie de la Géographie
numismatique, et qu'on peut trouver l'opinion de l'Auteur
par rapport à tout cela dans cette première partie.

Dans

Dans les Médailles des Rois, des Pays, des Villes et des Colonies, PINKERTON ne s'eft pas fervi de beaucoup de Catalogues des Médailles; il a particulièrement négligé les ouvrages de PELLERIN, dont il fait pourtant mention; d'ailleurs il n'a pas décrit affez exactement les Médailles inédites; il n'a obfervé aucun ordre chronologique dans les Médailles des Rois; il s'eft borné à un Regiftre bien imparfait des Pays et des Villes, qui eft tout-à-fait inutile à chaque Curieux.

Cette Géographie numismatique, dont le nom annonce le but, contient un indice de toutes les Médailles des Rois felon l'ordre chronologique, et des Médailles des Peuples et des Villes d'après l'ordre géographique. C'eft le fruit des remarques, obfervations et de l'experience de près de quarante ans de Mr. WACKER, Garde des Cabinets des Antiques et des Médailles de S. A. E. de Saxe, homme fupérieur à mes éloges, et un des grands connoiffeurs pratiques de l'Allemagne, que je m'honore et me fais un devoir de reconnoître pour mon guide dans cette Science, et dont les lumières me feront toujours auffi chères que fon amitié m'eft précieufe. Il m'a permis de joindre ce Recueil à ma Traduction, dont il rehauffe par là le prix et dont je lui fais un gré infini, ainfi que nombre de Numismatiftes, qui tireront avantage de ce rare travail, qui, réuni à celui de PINKERTON, mettra dans un mê-

me

me point de vûe les opinions de deux Savans, qui fe font voués à cette Science.

Quant au Regiftre des Rois, que j'ai ajouté, il y a deux chofes à remarquer. Premièrement ce ne' font pas les feuls et les propres noms des Rois et des Princes, que j'ai marqués, mais auffi les furnoms, même quelquefois des autres mots, qui n'appartiennent ni à l'un ni à l'autre, afin qu'on puiffe par ce moyen mieux trouver la trace de la vérité, pourvû qu'un feul mot foit diftinct ou lifible fur une telle Médaille. Par cette même raifon j'y ai mis chacun des noms des Rois, qui en ont plufieurs, féparément à fa lettre, citant toujours en même tems leur nom principal. Secondement j'y ai fait deux colonnes pour les nombres, pour pouvoir plus facilement trouver et comparer les opinions de ces deux Savans.

Du refte il n'y a rien à ajouter ici, fi non que Mr. WA-CKER à voulu exprimer par des fignes d'interrogations, qu'on y trouvera, ou fes doutes par rapport à une Médaille, ou par rapport à la fituation d'une ville etc., même auffi fes conjectures, et qu'il a allégué en outre, à l'occafion des Mé-dailles rares, les Auteurs, qui les ont publiées, dans les Ouvrages desquels l'on peut s'en inftruire d'avantage.

Si quelqu'un fouhaitoit quelque chofe de plus parfait et de plus détaillé dans cette branche de la Science numisma-tique ancienne, nous avons l'efpérance, que le célèbre Mr. ECK-

ECKHEL, qui y eſt très expérimenté, ſe prêtera à nos voeux dans ſon ouvrage, intitulé: *Doctrina Numorum veterum*, des deux premiers Volumes duquel nous nous ſommes ſervis ici.

Qu'il nous ſoit permis de répondre encore l'un et l'autre à Meſſieurs les Critiques de la Traduction mentionnée de la Diſſertation de BEAUVAIS, qui a donné la première occaſion à ce livre-ci.

BEAUVAIS n'a écrit cette Diſſertation, que pour fournir aux Numismatiſtes des idées juſtes des Médailles fauſſes, et pour les rendre attentifs aux différens genres de ces Médailles contrefaites et falſifiées, qui doivent leur origine à la fourberie des Artiſtes, que l'appas du gain excitoit à en impoſer aux Curieux paſſionnés pour la Science numismatique. C'eſt le plan qu'il a ſuivi, et c'eſt par la même raiſon, qu'il n'a touché que bien légèrement les fautes et les falſifications des Anciens. Ce livre-la rempliſſant donc ſon but, nous avons cru, qu'une amplification ou diminution quelconque feroit hors de place, et nous nous ſommes bornés à le traduire et à le publier avec une introduction et avec quelques ſimples notes de Mr. WACKER ci-deſſus mentionné.

Tous les livres, qu'on nous a nommés, et dont on a dit que nous aurions dû nous ſervir, nous étoient bien connus. Mais comme ils ne traitent que des Médailles fauſſes des Anciens, ou ne renferment que des explications trop diffuſes fufes des Modernes, comme p. e. des Obfervations fur les Médailles antiques (dans l'Hiftoire de l'Acad. Royale des Belles-Lettres Tom. VI. p. 410 -- 436.) de l'Abbé GEINOZ et plufieurs autres, nous crûmes inutile d'y avoir recours. Chaque Numismatifte vraiment pratique comprendra aifement, pourquoi nous ne nous fommes pas fervis de la Collection de Madame la Comteffe DE BENTINK. -- Nous croyons, *que* KHELLII *Epiftolae duae de totidem Numis aeneis Numophylacii* HAUERIANI, (*Vindob.* 1766. 4 *maj.*) font entre les mains de chaque ami de la Science numismatique ancienne, c'eft pourquoi nous n'avons pas cru être néceffaire ni de les alléguer, ni de nous en fervir.

C'eft un feul livre, que nous avons oublié ici, *c. a. d.* PACIAUDI *Animaduerfiones philologicae ad Numos Confulares M.* ANTONII, (*Romae,* 1757. 4.) où l'on a découvert différentes fortes de fouberies des Fauffaires modernes, de même que les Differtations fur les Médailles d'Annia Fauftina, qui contiennent beaucoup de bonnes chofes, qui y ont quelque rapport.

Le Critique dans la *Jenaifche allgemeine Litteraturzeitung,* feuille 166 de l'an paffé dit: que, quand même on auroit ici ramaffé tout ce qui a rapport à cette matière, il faudroit pourtant avouer, que toutes les règles théoriques ne pourroient guères tenir un Curieux en garde contre toutes fortes

tes

tes de fourberies, et qu'il faut avoir pour cela des connois-
fances pratiques etc. -- C'eft bien dit; mais tout cela fe peut
auffi lire dans notre livre.

Les connoiffances·pratiques du feu Confeiller SCHLÆ-
GER perdent beaucoup de leur prix par le jugement, qu'il a
porté fur la Médaille d'Othon dans le Catalogue de BURCK-
HARD, et ces mêmes connoiffances tant prônées ne s'an-
noncent guères dans fon arrangement du Cabinet des·Médail-
les à Gotha.

Quant aux Médailles, tenant lieu de Vignettes au titre
et à la conclufion de ce livre, nous n'avons pas cru être néceffaire de les expliquer, parcequ'elles ne devoient être que
des ornemens. Elles fe trouvent toutes les deux au Cabinet
du Roi de Pruffe, et BEGER dans fon *Thefaurus Branden-*
burgicus les a publiées. C'eft la même chofe des Médailles
grecques, que nous avons inférées dans ce livre; elles ne
font que des décorations, et nous donnons le confeil de les
chercher dans le livre ci-deffus mentionné de BEGER, ou
dans d'autres livres numismatiques, fi quelqu'un veut s'en
inftruire d'avantage. ·

Pour ce qui regarde la penfée du Critique par rapport
aux Médailles fourrées, nous lui répondons: Si nous ne
pouvons de nos propres yeux voir une Médaille dentelée
et en même tems fourrée, comme beaucoup d'autres, qui
fe vantent d'avoir eu ce bonheur, nous dirons toujours, que

B   de

de telles pièces font d'une rareté extraordinaire. Les Médailles fauſſes et fourrées modernes ne prouvent-rien, finon
qu'il y a eu des Fauſſaires dans tous les tems, de même
qu'on en découvre encore de nos jours parmi celles des anciens Grecs. Mais nous accordons volontiers, avec BEAU-
VAIS et avec le ſavant M. NEUMANN, que de telles Médailles font génuines, c. à. d. véritablement antiques, quoiqu'elles ſoient fauſſes et ſouvent altérées par rapport à leurs
Types et Legendes. La Médaille fourrée de Marc-Antoine,
dont le Critique fait mention, eſt bien commune.

A la page 45 de notre Traduction il eſt queſtion de la
précipitation en monnoyant, et non pas des Médailles fourrées; c'eſt pourquoi la note du Critique porte à faux.

Une faute ſemblable ſe trouve auſſi à la fin de la Critique, où l'on dit, que nous n'avions pas cité BALDINI.
Nous répondons à cela, qu'on voit d'abord dans l'introduction de notre traduction allemande p. 10, où nous citons le
livre de VAILLANT d'après l'édition de BALDINI, que nous
le connoiſſions; et on trouve à la même page, que nous
ne voulions ni pouvions en faire aucun uſage, où nous diſons
textuellement avec les mots de BEAUVAIS : »Mon ouvrage
»n'auroit point eu de bornes, ſi j'étois entré dans le détail
»des revers rares; je ſerois ſorti du plan, que je m'étois pré-
»ſcrit, et je n'aurois fait que répéter ce que pluſieurs habi-
»les Antiquaires ont publié depuis près de deux ſiècles,
»dans

»dans un grand nombre de volumes.« Comme outre cela
le Catalogue de BALDINI T. III. p. 276 fqq. eft pris mot
pour mot du livre de JOBERT, édition de BIMARD DE LA
BASTIE, nous pouvions nous en paffer, ainfi que de VICO,
ayant le Catalogue plus complet de BEAUVAIS et des autres.

Pour ce qui regarde le peu de Notes entremêlées à notre Traduction, nous n'avons rien à repondre, finon que
nous n'en avons voulu inférer que bien peu, pour ne pas
répéter des chofes déjà connues.

Plein de reconnoiffance pour le bon accueil et les obfervations par rapport à ma Differtation fur une Médaille
non-publiée de l'Empereur Pertinax, qui fe trouve au Cabinet de S. A. S. l'Electeur de Saxe (à Dresde, 1793. in 4to.)
il me faut pourtant dire quelque chofe de la gazette des Savans, intitulée: *Göttingifche gelehrte Zeitungen.* Il eft impoffible, que je croye, que le Critique ait eu la prétention
de dénaturer cette Differtation et d'y fubftituer fon plan propre. Que le lecteur impartial prenne d'une main cette gazette et fon jugement, et de l'autre ma Differtation, il ver-
ra, que j'ai dit réellement tout ce qu'on a fait entendre: *que
je n'avois pas dit, et que j'aurois du dire.* Je me borne donc
plutôt à croire, que le Compofiteur dans l'imprimerie a omis
quelque chofe, qui a donné occafion à la difformité du fens.

Nous nous voyons contraint d'ajouter ici encore l'obfervation fuivante, à caufe d'une Critique, qui a paru, lors-

que

que nous finiſſions l'impreſſion de ce livre. Elle eſt conſi-
gnée dans la *Jenaiſche allgemeine Litteraturzeitung* et elle porte ſur la Notice ou les Tables des Médailles des Empereurs Romains, ajoutées à la traduction ci-deſſus mentionn-
née de BEAUVAIS.

Nous remercions bien le Critique pour l'attention,
avec laquelle il paroît avoir lu cette Notice, de même que
pour les corrections, qu'il lui a plu d'y ajouter. Les livres,
qu'il nous conſeille de lire, ſont connus à l'Auteur de ces Tables,
et il les a depuis longtems, mais il n'a pas cru convenable de
s'en ſervir, comme p. e. du livre de Guſſeme, ouvrage bien
incomplet et imparfait tout-à-fait par rapport à l'indice néceſſaire des grandeurs et des métaux. Du reſte, quiconn-
que lira avec attention notre Préface de la Traduction allemande de BEAUVAIS, de même que la préſente, pourra
bien facilement conjecturer nos opinions ſur le reſte, auquel
nous n'avons pas voulu répondre pour le préſent trop claire-
ment. Nous avons été bien étonnés de ce que le Critique n'ait pas cenſuré l'omiſſion des Médailles des Tyrans,
que TANINI a alléguées par rapport au Cabinet de Mr.
MÜNTER; mais les mêmes raiſons, qui nous ont déterminé
à ne pas nous ſervir d'autres Catalogues, nous ont empêchés
d'avoir recours à celui-là.

SUR

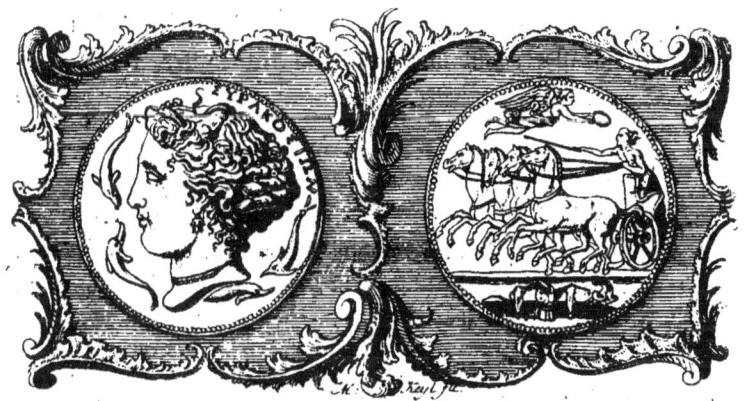

SUR LA RARETÉ
DE QUELQUES MÉDAILLES ANTI-
QUES ET MODERNES.

Il y a plufieurs Médailles antiques et modernes, qu'on trouve rarement pour plufieurs raifons, et qu'on nomme pour cet effet *rares*, et qui valent un haut prix. Les Connoiffeurs partagent cette rareté en quatre ou cinq claffes ou dégrés; ils commencent par celles, qui ne font ni rares, ni communes, et ils s'arrêtent au plus haut dégré de rareté, c'eft à dire à celles, qui font uniquès.

On n'a pas befoin de parler de la rareté des Médaillons antiques et modernes, car ils font naturellement rares, et le peu d'exceptions ne déroge pas à la règle.

On

On peut aifément juger, que la première raifon de la rareté de telles Médailles, qui ont un coin tout fingulier, tire fon origine de ce qu'on en a battu bien peu d'un tel coin, et qu'on ne les a ni nommées, ni publiées fous une autre forme.

On peut dire le premier des Médailles en bronze de l'Empereur Othon, et de celles en or de Pefcennius Niger; le dernier des Médailles de Caligula, quoiqu'elles ne foient pas rares à un haut degré. D'où l'on peut juger, que même la puiffance du Sénat Romain n'étoit pas fuffifante pour anéantir une Monnoie, qui avoit cours, et que par cette raifon la petite quantité de pièces originales devroit être confiderée comme la première caufe de leur rareté.

Il fe peut faire, que dans les villes anciennes cette rareté tirât fon origine de la pauvreté ou de la petiteffe primitive d'un tel Etat, comme auffi du peu d'ufage des monnoies et de la petite quantité dans leur premier cours. Pour ce qui regarde les Médailles antiques des Rois et des Empereurs, le peu de durée de leur gouvernement en eft la caufe, et en quelque cas auffi ce qu'on ne frappoit pas de monnoies pendant le gouvernement de quelques uns, en ayant déjà en abondance d'auparavant. — —

Quelquefois des Médailles, qu'on confidéroit auparavant comme uniques, perdent avec le laps du tems leur rareté, et deviennent plus communes. La feule caufe de cela eft leur trop haut prix, ce qui décide beaucoup de poffeffeurs, de les expofer en vente, particulièrement quand on en a trouvé une quantité — et quand de telles parties ont été diffipées peu à peu, les Médailles, qui s'y trouvoient, deviennent peut-être rares dérechef, ce qui fe peut faire auffi de communes, quand on les neglige trop.

On

On prétend, que toutes les Médailles des villes grecques font beaucoup plus communes en bronze, qu'en argent; on croit de même, qu'il en exifte le double du premier métal. Dans les Médailles au contraire des princes grecs, très peu exceptées, la plus grande partie eft en argent. Toutes les Médailles en argent des villes grecques font rares, excepté celles d'Athènes, de Corinthe, de Meffine, de Durazzo, de Marfeille, de Syracufe et de peu d'autres; celles de bronze font plus communes, à ce que je viens de dire.

Parmi les Médailles des Monarchies grecques, les Tétradrachmes des Rois de Syrie, des Ptolemées, des Princes de Bithynie et de Macedoine, font toutes rares, excepté celles d'Alexandre le grand et de Lyfimaque. On ne trouve des Rois de Cappadoce que des petites, mais qui font auffi bien rares.

Entre les Numidiennes et Mauritaniennes celles de Juba le père font communes, celles de fon fils rares, de même que celles de fon neveu Ptolemée. Les grandes Médailles en argent des Rois de Sicile font rares, comme auffi celles des Parthes, mais celles des Rois des Juifs le font encore plus.

Les Rois d'Arabie et de Commagène ne fe trouvent guères, qu'en bronze, et obtiennent le même dégré de rareté, que les Rois du Bosphore, qu'on trouve ordinairement d'un métal, qu'on nomme *Electrum*; il y en a peu de bronze. Toutes les Médailles de Philetère, Roi de Pergame, et des Rois de Pont font rares. *)
Toutes les didrachmes, foit des Rois, foit des villes, font rares, excepté celles de Corinthe et de fes Colonies Les Médailles en or

de

*) CHAMILLARD fait mention dans fon Appendice aux Epitres de l'age de Pacatien d'une Médaille de Mithridate en argent, pour laquelle on a payé 26 L. 5 S. l'an 1777.

de Philippe de Macedoine, d'Alexandre le grand et de Lyſimaque ſont communes, les autres très rares.

Toutes les tétradrachmes des Rois ſont eſtimées égales aux Médaillons et valent un haut prix. Parmi les plus petites Médailles en argent des princes grecs, il y en a quelques unes, qui ne ſont pas rares; mais une des plus rares eſt la didrachme d'Alexandre le grand.

Pour ce qui regarde les Médailles en bronze des Monarchies grecques, on peut les conſidérer la plûpart comme rares; néanmoins celle d'Hieron I. de Sicile eſt bien commune, ce qu'on peut auſſi dire de pluſieurs Médailles des Ptolemées. On trouvera à l'appendice une taxe de la rareté de toutes les Médailles grèques.

Paſſons aux Médailles Romaines. Les Conſulaires, reſtituées par Trajan, ſont les plus rares dans leur genre. Ce ſeroit un ouvrage immenſe, ſi l'on vouloit s'arrêter aux exemples particuliers; il ſuffit ici d'obſerver en général, que les Médailles conſulaires en or ſont les plus rares de toutes, mais que celles en argent ſont très communes, ſi l'on en excepte celle de Brutus avec le bonnet de la liberté entre deux poignards et avec EID. MART. qui eſt rare, ainſi que quelques autres.

Comme l'on trouve dans l'appendice une taxe particulière de la rareté des Médailles des Empereurs Romains, chacune ſelon leur ordre, il n'eſt pas beſoin de s'y arrêter beaucoup. La cauſe, pour laquelle il ne ſe préſente, au moins très rarement, aucune Médaille d'Othon en bronze parmi toutes celles, qu'on a frappées de ce métal à Rome, eſt la brieveté et le trouble de ſon Empire.

Le portrait d'Othon ſur des Médailles d'Egypte et d'Antioche en bronze eſt très chetif et mal ſaiſi, ce qu'on peut dire preſque de

toutes

toutes les Médailles des Empereurs par rapport à leur reſſemblance. On ne trouve le véritable portrait d'Othon que ſur ſes Médailles en or et en argent, dont les dernières ſont bien communes. Les grecques et celles d'Egypte en bronze, qu'on trouve de cet Empereur, ſont toutes en moyenne ou petite grandeur, et ont des revers différens. Celles d'Antioche ont des Légendes latines, comme la plupart des autres Médailles Impériales
Antiochéennes, et n'ont jamais autre choſe ſur le revers, que S. C.
dans une couronne tortillée, excepté deux ou trois exemplaires en
grand et moyen bronze, qui ont des Légendes grecques.

Les Médailles latines d'Othon en bronze, avec des figures ſur
le revers, ſont indubitablement fauſſes. Mais cependant il y avoit au
Cabinet de M. d'Ennery un Othon en moyen bronze,*) qui étoit
une Médaille reſtituée par Titus, et de la véritable antiquité, de
laquelle les Connoiſſeurs tomboient d'accord ; en voici le contenu :

IMP OTHO CAESAR AVGVSTVS TR P. Caput eius.

℟. Roma armata ſtans. IMP-TITVS - - - P RESTIT.

Les Médailles Romaines en plomb ſont extrêmement rares.
Ficoroni dans ſon livre, intitulé : Piombi Antichi, en a publié
une Collection grande et choiſie de ſon propre Cabinet. La plupart ont été battues à l'occaſion des Saturnales, ce qu'indiquent
les Légendes. D'autres étoient des billets d'entrée pour les fêtes et
ſolemnités privées, quelques unes auſſi pour les fêtes publiques. Aux
ſpectacles même la plupart des billets paroiſſent avoir été de plomb.

Les *Contorniati* étoient des marques ordinaires, de même qu'à
Londres les *Tickets* pour l'Opéra etc. On a trouvé auſſi des Médaillons en plomb dans des colonnes et pierres fondamentales, à
la mémoire de leurs fondateurs.

*) v. ſon Catalogue, à Paris, 1788.

B

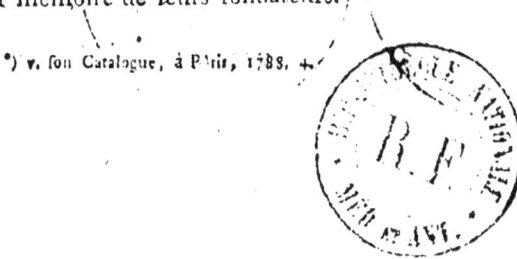

Il y a auffi des cachets en plomb du tems d'Augufte, à ce
qu'on le peut voir dans l'ouvrage ci-deffus mentionné de FICORO-
NI, qui eft en même tems bien intéreffant pour la Diplomatique.

Les Médailles Romaines, où même les Monnoyeurs antiques ont trébuché, font auffi bien rares, et les Curieux les efti-
ment injuftement. FRÖLICH a publié une Differtation: *De numis Monetariorum veterum culpa vitiofis*, et MONALDINI a aus-
fi un chapître: *Delle Medaglie per colpa de Monetai difettofe.*
On trouve p. e. une Médaille de Trajan, avec cette Légende:

IMP CAES D TRAIANO OPTIMO AVG GER DAC
℞. CONSENCAVTIO, au lieu de CONSECRATIO.

D'ailleurs une de Gordien III.: MLETARM PROPVGNATOREM
au lieu de MARTEM; d'Alexandre Sevère: DES NOS au lieu de
COS; de Néron IANVM CLVSTI au lieu de CLVSIT etc. Quelques unes de ces Médailles, dont les fautes étoient dans le nom,
ont donné occafion de faire naître des Empereurs, qui n'ont jamais exifté, p. e. EOANVS, BRITIVS, CALPITIANVS, VECV-
NINVS. Une Médaille de Fauftine avec le mot SOVSTI et S. C.
fur le revers a beaucoup torturé l'esprit des Antiquaires allemands,
jusqu'a ce que KLOTZ l'a expliquée par raillerie de cette manière: *Sine Omni Vtilitate Sectamini Tantas Ineptias.*

SUR

SUR
LES DIFFÉRENS VOLUMES (DIFFÉRENTES GRAN-
DEURS) ET LE PRIX ORIGINAL DES MÉDAILLES
GRECQUES.

On ne confidère ici les Médailles grecques, que comme monnoie courante, occupation auffi utile, qu'intéreffante.

Nifi vtile eft, quod facimus, ftulta eft gloria.

PHÆDRUS.

Cette fcience eft fi néceffaire pour celui, qui s'occupe à la lecture
des Auteurs anciens claffiques, que je ne fais, fi elle ne dispute
pas la prérogative à la Géographie et à la Chronologie ancienne.
C'eft pourquoi il n'eft pas étonnant, que nombre d'écrivains les
plus favans de tous les tems et de tous les pays, depuis BUDAEUS
(l'ouvrage duquel a été publié à peu près l'an 1520,) jusqu'à

C 2

CLAR-

CLARKE, qui publia le fien l'an 1767, ayent traité une matière
fi intéreffante; et on auroit pu croire naturellement, qu'après
des recherches auffi foigneufes, auffi folides, et auffi profondes,
chaque partie de cette fcience eut été épluchée et expliquée fuffi-
famment pour l'intelligence d'un chacun. Mais, hélas! à peine
avons nous encore paffé les premiers élémens de cette fcience, fi
tôt qu'il eft queftion de ce que les Anciens nomment proprement
monnoie. Il eft vrai, que les monnoies idéales, qui ouvrent un
grand champ aux recherches, ont été bien éclaircies, et que nous
connoiffons presque auffi bien les Mnas ou les Minas attiques, et
le calcul progreffif des Sefterces, que les Monnoies de notre tems
et de notre pays. Mais c'eft tout un autre cas de la Monnoie réelle des Anciens, et l'ignorance des hommes, favans d'ailleurs en
beaucoup d'autres chofes, eft exorbitante dans ce point ci; et l'on
fait deux obfervations bien véritables, favoir, que les Savans, qui
ont fait tant de recherches foigneufes fur les Monnoies idéales
des anciens Grecs et Romains, ne fe font guères occupés de la
fcience numismatique, et que les Savans numismatiques ne fe
font jamais embarraffés dans les recherches de cette chofe là; et
c'eft encore un problème, fi les Savans du premier genre montrent plus d'ignorance dans la connoiffance des Médailles mêmes,
ou les Médailliftes dans la partie théorique de cette fcience là.
Les grands progrès dans l'étude des Médailles ont auffi une in-
fluence fur cet objet intéreffant; car pour ARBUTHNOT et CLAR-
KE, auteurs des tems modernes, ils étoient en quelque manière
plus ignorans dans la connoiffance des Médailles, que BUDAEUS,
qu'on peut confiderer comme le premier auteur, qui ait traité cette fcience. Le dernier fait voir beaucoup d'amour pour les Médailles, mais il cite une Médaille confulaire avec la tête de Ciceron,

ron; et il croit, qu'un de ces trente ſicles, qui furent la récom-
penſe de la trahiſon de Judas, et dont on en garde un à Paris
entre nombre d'autres reliques, eſt digne d'être cité. ARBUTH-
NOT*) n'a jamais vu des Médailles antiques, à ce qu'on peut juger par ſon livre, et CLARKE y étoit tout à fait ignorant, comme tout le monde le fait. Il paroît même, que le dernier, tout
diligent qu'il étoit, n'eût aucune connoiſſance de la partie théorique des Médailles véritablement antiques, autrement il ne ſeroit
pas tombé dans l'erreur étonnante, qu'on trouve dans ſon ouvrage, page 172, où il dit: „Les Médailles en bronze, ou les *aerei*,
„étoient d'espèces différentes, c. a. d. le Denier, le Follis et le Se-
„ſterce en bronze, i. e. l'As avec ſes ſousdiviſions." La plus petite entre elles, le *Follis*, ou le Seſterce en bronze, faiſoit au
moins, ſelon le propre prix, quatre *Aſſes*, comme il croit au
contraire, que c'en étoit une ſousdiviſion. Mais il me ſemble,
qu'il n'a pas lu d'autre livre numismatique que le Catalogue du
D. MEAD.

De l'autre côté l'ignorance des Amateurs des Médailles n'eſt
pas moins grande. On tient jusqu'à nos jours la Didrachme d'Aegina, qui étoit en grande renommée aux anciens tems, pour une
Tridrachme d'Aegium, et l'Obolus des plus anciens tems pour
une Médaille en bronze. Parmi les Médailles Romaines, on
croit, qu'une en grand bronze étoit un *As;* mais nous prouve-
rons plus bas, que c'étoit un Seſterce, ayant le prix de quatre As.
On compte le Denier pour dix As, même aux tems des Empereurs, n'ayant pourtant pas ce prix, que les premières quatre-
vingt-dix années, où l'on battoit à Rome des Médailles en argent.

*) Son ouvrage eſt pris de HOSTII *Hiſtoria rei nummariae,*

On a pris le Denier en bronze pour une Monnoie courante, ce qui, outre les autres erreurs, prouve, que les Médailliftes font auffi fouvent ignorans dans la théorie, que les autres dans la pratique.

On a l'intention, dans ce petit profpectus, de joindre enfemble le pratique de la fcience des Médailles avec la théorie, et d'expliquer l'un par l'autre. Mais l'Auteur, fentant les difficultés de cet objet, ne veut que marquer les traces, qu'on aura à fuivre, parceque les erreurs font presque inévitables dans un effai, qui contient tant de nouvelles chofes; mais ces erreurs pourront être corrigées bien aifément par les découvertes futures. En même tems le même Auteur avoue ouvertement, qu'il s'eft donné beaucoup de peine par rapport à cette chofe; c'eft au lecteur à déterminer, s'il y a réuffi.

La plupart des livres, dans cette branche des fciences, font remplis de disputes fur des chofes, qui ne peuvent être déterminées par aucune forte des recherches. On pourroit dire fort bien à de tels écrivains avec Térence:

Feciftis probe! Incertior fum multo, quam dudum.

Comme l'Auteur abhorre les disputes continuelles, il ne fera rien, que tacher de donner une idée claire et diftincte des Monnoies Romaines et Grecques, comme courantes, et les expliquer encore plus par le rapport perpétuel aux Médailles mêmes. Comme il eft inévitable, d'examiner fur cette chofe tous les Auteurs précédens, cela fe fera avec une fincerité et une juftice fi rigoureufe, que l'Auteur fouhaite, qu'on le juge de même, en cas que fon opinion paroiffe être digne de critique ou de confure. Il me femble, que les Auteurs, qui ont écrit autrefois fur cette matière,

ont

ont jugé les autres, comme s'ils ne croyoient pas pouvoir être auſſi critiqués par autrui. Pour moi, j'éviterai autant l'amertume de leurs expreſſions, que leur ton déciſif. On peut remarquer toujours, qu'ils ne ſe ſervent de ce langage déterminé, que quand ils ont le plus tort. On peut prouver cela entre autres par les mots de BUDAEUS: „Seſtertius nunquam aereus fuit.“ Gronove a mérité le même repro●●e. d'ARBUTHNOT et de CLARKE, à cauſe d'aſſertions ſemblables. Nous éviterons dans ce petit traité les expreſſions: *certainement*, *ſûrement*, *ſans contredit*, *il n'y a point d'ombre de doute etc.* et nous ſubſtituerons au contraire celles-ci: *peut-être*, *il eſt vraiſemblable*, *il paroît*, *ou peut conjecturer etc.*

ARTICLE PREMIER.
Médailles grecques en argent.

C'eſt une remarque bien commune, mais en même tems bien juſte, que la lumière des ſciences, ſemblable aux rayons du ſoleil, s'eſt répandue de l'orient juſqu'à l'occident. Il eſt auſſi bien vraiſemblable, que la première invention des monnoies tira ſon origine, comme les autres ſciences et arts, des pays orientaux, et qu'elle ſe répandit de là dans les régions occidentales du monde.

Les premières Monnoies furent des pièces de Métal, ſans aucune forme, ſans aucun coin, et fixées d'après un certain poids. Car le poids étoit le grand étalon de la Monnoie ancienne, tellement, qu'on payoit ainſi toutes les grandes ſommes, même juſqu'au tems, où les Saxons paſſèrent en Angleterre. On ne ſe ſert pas de nos jours de la balance pour chaque Monnoie en particulier,

mais

mais feulement pour celles en or; chez les Anciens au contraire on s'en fervoit tant pour celles en argent, que pour celles en or, et en quelques cas auffi pour celles en cuivre. On demande au lecteur, d'avoir toujours en penfée cette petite diftinction, autrement on ne pourra aifément fe faire une idée claire des Monnoies anciennes.

Ainfi, comme une pièce pefée de métal fans aucun coin fut la première forme, fous laquelle s'offrit la monnoie, il fera à propos, de parler avant tout des grandes fommes, qu'on chercha à déterminer par la balance, avant que nous paffions aux plus petites fortes de Médailles, ou à leurs fousdivifions, qui, venant à leur place, pourront être reconnues et jugées pièce par pièce plus facilement à caufe de leur forme et de leur coin. Cette méthode eft fans doute quelque chofe de nouveau et d'extraordinaire, mais fans doute bien jufte pour la fixation et pour les progrès ultérieurs dans la fcience numismatique.

Toute cette Section fe rapporte à la Grèce, où l'on fupputoit les grandes fommes d'après les *Minas* ou *Minas*, les plus grandes d'après les Talents. On croit, que la Mina de chaque contrée contenoit cent Drachmes, qui étoient de petites Médailles en argent de ces contrées là, et le Talent foixante Mines. La Mina fut confidérée en même tems comme le poids de ce pays, où elle avoit cours. Le poids attique étoit le même, que celui de Rome, et il approche beaucoup du poids de nos apothicaires. Le Dr. Arbuthnot prétend, que le poids commun attique contenoit feize onces, et cela pour expliquer mieux un paffage de Live, mais tous les anciens Auteurs contredifent cette affertion abfurde.

La

La Mina d'Athènes contenoit au commencement foixante-treize Drachmes, mais Solon leur donna le prix de cent Drachmes. *) La Drachme de l'ancien poids étoit la huitième partie d'une once, de même qu'aujourd'hui chez nous dans le poids de nos Apothicaires. Dans la fupputation numismatique huit Drachmes valoient auffi une once; ainfi la Mina, ou le poids de douze onces, en contenoit quatre-vingt-feize; mais pour remplir la fomme ronde, on y ajoutoit les quatre Drachmes, qui manquoient encore à cent; coutume, qu'on a reçue en tous tems et en tous les pays, d'ajouter le peu, qui manque à un grand poids, quand on en parle. Ainfi la Mina n'a proprement que quatre-vingt-feize Drachmes, mais elle en a cent, en en parlant; de même que le poids romain ne contenoit que quatre-vingt-quatre Deniers, mais en en parlant, cent. — —

Le commun ou petit Talent d'Athènes avoit foixante Mines, ou fix mille Drachmes. Les autres anciens Talens fe rapportoient à peu près enfemble à celui d'Athènes dans cette proportion, fi nous nous pouvons confier à ARBUTHNOT et à fes garans:

Le Talent de Syrie contenoit 15 Mines attiques.

Celui de Ptolemais	-	-	20	-	-	-
Celui d'Antioche	-	-	60	-	-	-
Celui d'Euboea	-	-	60	-	-	-
Celui de Babylon	-	-	70	-	-	-
Le grand Talent attique	-	80	-	-	-	
Le Tyrien	-	-	80	-	-	-
L'égyptien	-	-	80	-	-	-
Celui d'Aegina	-	-	100	-	-	-
Celui de Rhodus	-	-	100	-	-	-

En

*) PLUTARCHUS *in Solone.*

D

En évaluant la Drachme attique en argent à neuf Penny d'Angleterre, une Mina d'Athènes faifoit, fi nous acceptons le milieu,
trois Livres-fterlings, quinze fchelings, et le Talent commun
d'Athènes deux-cens et vingt-cinq Livres. Le refte peut être bien
facilement compté d'après cette proportion. *)

Pour moi, je révoque en doute la jufteffe de cette fpécifica-
tion de Talens, et on ne peut guères en cela fe confier à la plupart
des Auteurs anciens. Ceux, qui ont écrit fur cette matière, avou-
ent, que les nombres dans les Manufcrits antiques font les plus ex-
pofés aux erreurs, étant prefque toujours abbréviés. Il faut auffi
avouer, que les Auteurs mêmes n'en ont pas été bien inftruits.

HERODOTE **) raconte, que le roi de Perfe Darius ordonna,
qu'on rendît l'or dans fon tréfor, fupputé d'après les Talens d'Euboea, l'argent d'après ceux de Babylonne. On croit, que le Talent
d'Euboea eft le même que celui, qu'on nomma enfuite *attique*; et
il me femble, qu'il étoit bien naturel, qu'on fupputât en ce tems-
là l'or d'après le plus petit poids, de même que nous le comptons
d'après les Carats, l'or étant le plus précieux métal.

J'avoue ouvertement, que je regarde le Talent de Babylonne
pour le même que celui d'Aegina. Mr. RAPER ***) a prouvé,
que les premières Médailles Macédoniennes étoient reglées d'après
celles d'Aegina. Les Médailles de la Perfe de l'ancien tems étant
donc du même genre, la plus grande Tetradrachme péfant qua-
tre-

---

*) Ce feroit une entreprife extraordinairement pénible, en même tems fufpecte, et
peut-être impoffible, que celle de vouloir fixer le titre des Monnoies de chaque
pays felon la proportion de leurs Talens refpectifs.

**) Lib. III. cap. 89.

***) *Enquiry into the Value of the ancient Greek and Roman Money.* London, 1772. 4.

tre-cens-trente jusqu'à quatre-cens-quarante grains, il s'enfuit, que les Médailles Perfes en argent étoient reglées d'après celles d'Aegina, et il eft à croire, qu'on faifoit auffi les payemens en Médailles du même tître.

Le grand Talént attique contenoit quatre-vingt petites Mines, la grande Mine attique ayant feize onces. FESTUS nous raconte, que le Talent d'Alexandrie, qui étoit le même, que celui, dont les Rois d'Egypte femblent s'être fervis, contenoit douze mille Deniers. Il le tient pour le Talent d'Aegina, au moins les Médailles des Ptolemées nous l'apprennent, et Mr. RAPER l'a auffi prouvé.

On pourroit peut-être régler toutes les Médailles d'Afie, d'A-frique, de la Grèce, de la Grande-Grèce et de la Sicile, fur trois fortes de Talents ou de tîtres des Monnoies:

1) Sur celui d'Aegina, dont on fe fervoit, en fupputant en-femble plufieurs fortes de Médailles anciennes en argent, et, com-me il femble, qu'on fit même dans les tems poftérieurs d'Egypte, de Carthage, de Cyrène etc.

2) Sur l'attique, qui étoit le niveau, fur lequel on comptoit l'or en Afie, après que Phidon, Roi d'Argos, s'en fut fervi dans l'évaluation de l'or qui avoit le furnom d'Euboeen, d'Euboea, qui étoit l'un des quartiers de la ville d'Argos. Il fut introduit enfuite comme le niveau du compte en or et en argent à Athènes et dans la plus grande partie du monde.

3) Le Talent Dorique ou Sicilien, contenant vingt-quatre nummos, dont chacun avoit le prix d'un Obolus et demi, *) c'eft

D 2

pour-

---

*) ARISTOT. Pollux. Lib. IX. cap. 6.

pourquoi on évaluoit le Talent fur fix Drachmes attiques, ou fur trois Darics.

Ces poids reftèrent encore le niveau des Monnoies, lorsqu'on commença à les diftinguer par le coin, même encore au tems de la chûte de la Grèce, et comme l'Empire Romain commençoit à obtenir la fupériorité fur elle.

Après HERODOTE les Lydiens furent les inventeurs des Monnoies, d'où elles femblent être paffées en peu de tems aux Grecs.

Il n'eft pas poffible, que les Lydiens ayent reçu cette invention de leurs voifins orientaux, ou des Perfes, l'Empire desquels ne prit fon commencement que cinq-cens-foixante-dix ans avant J. C. mais elle venoit peut-être des Syriens, qui ont été de bonne heure renommés par leur commerce.

Paffons aux premières Médailles grecques, qui étoient d'argent.

Les premières Médailles grecques en argent avoient fur un côté une incifion, fur l'autre une tortue. Les Médailles les plus anciennes n'ont point de lettres,*) mais celles du tems fuivant ont les lettres ΑΙΓΙ, que les Médaillistes ont expliquées par *Aegium* en Achaïe, prévenus que la tortue étoit la marque la plus fûre du Péloponnefe. Ils en jugent fort bien, mais il me femble, que la conféquence, qu'ils en tirent, eft faulfe, c. a. d. que ces Médailles appartiennent par cette raifon à Aegium.

Dans

*) MONTFAUCON dans fa *Palaeographia graeca* p. 143 dit, que le Monogramme fur les plus anciennes Médailles fignifie ΑΙΓΙΝΗΤΩΝ. Au moins il s'y trouve toutes ces lettres, l'Α et l'Ω étant au premier quarré; et je crois, que nous ne pouvons fuivre un meilleur juge en cela.

Dans le Cabinet du Dr. Hunter il fe trouve onze de ces Médailles, et il y en a auffi dans d'autres. Cela prouve, que le lieu,
où elles ont été battues, étoit dès ce tems là riche et grand, autrement cette quantité de Médailles n'auroit pas reflué d'une antiquité fi réculée jusqu'à nos tems. Comme Aegium en Achaïe n'é-
toit pas un endroit important jusqu'au tems d'Aratus, et même
jusqu'aux tems poftérieurs de la Grande-Grèce, il fe trouve dans
cette grande Collection à peine une ou deux Médailles en argent,
fur lesquelles on voye toutes les lettres du nom ΑΙΓΙΕΩΝ, et
qui appartiennent peut-être à Aegium en Achaïe. Peut-on donc
fuppofer, que le nombre des Médailles fe foit diminué dans un
endroit, quand cet endroit même croiffoit de plus en plus en richeffes? Mais quoique nous ne nous en rapportions pas à cette dé-
monftration, il refte pourtant toujours fûr, que ces Médailles ne
font pas reglées felon le titre d'une autre Monhoie grecque, comme elles pèfent à peu près huit, treize, quinze et demi, et quelques unes jusqu'à cent-quatre-vingt-fix grains. La Drachme grecque pèfe, felon un compte, qui n'eft ni trop haut, ni trop bas,
foixante-fix grains, et ce feroit quelque chofe d'étrange, qu'on eut
battu des Médailles des huit-dixièmes d'un Obole, d'un Obole et
demi, et d'une Drachme et demie.

D'ailleurs peut-on fuppofer, qu'Aegium, endroit reculé et
petit, qui n'étoit pas dans ces anciens tems une réfidence, qui n'a-
voit ni renommée, ni force, ni commerce, ni richeffes, eût été
la première ville de la Grèce, qui eût frappé des Médailles? Ho-
mère ne parle de cet Aegium qu'en paffant, non comme d'une
place importante, quoiqu'elle fe foit élévée beaucoup de tems
après par la ruine de quatre villes, dont les habitans s'y refugiè-
rent, d'après le temoignage de Pausanias.

D 3

Si l'on

Si l'on devoit attribuer l'invention des Monnoies en Grèce à la Province d'Achaïe, pourquoi les lettres AIΓI ne pourroient-elles pas fignifier *Aegialus*, qui étoit le nom ancien de SICYON, ville riche et grande? Pour moi, je ne puis douter, que ces Médailles ne foient venues de la Monnoie bien renommée d'Aegina, qui étoit peut-être la première de toute la Grèce.

Car il y a quelques auteurs, *) qui nous apprennent, que les premières Monnoies de toutes ont été battues au tems du Roi grec Phidon dans l'isle d'Aegina. Les marbres d'ARUNDEL font mention de ces Monnoies et fixent le tems du regne de Phidon à l'an huit-cens-vingt avant J. C. La tortue, fymbole connu du Peloponnèfe, qui, au milieu des mers, qui l'environnoient, étoit fi fûr, qu'une tortue dans fon écaille, pouvoit fans doute auffi être confiderée comme le fymbole d'Argos, une de fes plus importantes villes.

Mais fans en vouloir tirer la conclufion, qu'une de ces Médailles remarquables ait été réellement battue au tems de Phidon, il eft pourtant indubitablement certain, que les Médailles d'Aegina furent célébres parmi les Grecs, tant à caufe de leur antiquité, qu'à caufe du coin, qui leur étoit propre et tout fingulier. C'eft auffi Aegina, qui floriffoit long tems par fa gloire et fon indépendance; car dans la guerre, que Xerxès fit à la Grèce, elle avoit la fupériorité fur mer à caufe du grand nombre de fes vaiffeaux, **)

et

---

*) Ἔφορος δ ἐν Αἰγίῃ πρῶτον κοπῆιαι φησιν ὑπὸ Φείδωνος. STRABO lib. VIII. Καὶ πρῶτοι (Αἰγινέται) νόμισμα ἐκόψαντο, καὶ ἐξ αὐτῶν ἐκλήθη νόμισμα Αἰγίναιον. AELIAN. var. Hift. XII. 10. Mais Ephorus, qui femble être l'auteur de cette narration, n'a point d'autorité.

**) v. PLUTARCH, in THEMISTOCLE et PERICLE. Aegina fut la grande rivale d'Athè-

et HERODOTE nous raconte, qu'elle avoit la préférence fur toutes ces villes, qui étoient intéreffées dans cette guerre importante. Otons donc ces Médailles à Aegium, ville obfcure de ce tems
là, où elles avoient été battues, et attribuons les à cette Isle illu-
ftre et riche, qui étoit la Grande-Bretagne en petit fur les mers
grecques et le centre de la navigation grecque et du commerce
oriental.

Cependant il nous refte d'autres argumens plus forts, qui
prouvent, que ces Médailles remarquables tirent leur origine
d'Aegium, et ces argumens font pris de leur poids; nous ne vou-
lons pas parler de leur fabrique, qui eft bien différente de la fabrique de ces Médailles, fur lesquelles on trouve le nom d'Aegium
en entier.

Il eft bien connu, que la manière de monnoyer, dont on fe
fervoit à Aegina, étoit bien différente de celle, qui étoit en ufage
dans toute la Grèce; car la Drachme d'Aegina valoit dix oboles attiques, tandis que la Drachme attique n'en valoit que fix. C'eft
pourquoi les Grecs donnèrent le nom de Παχειαν *) (Monnoie
épaiffe) aux Drachmes d'Aegina, furnom, qui eft bien jufte pour
les Médailles, dont nous parlons ici. De nos jours ces mêmes
poids des Drachmes d'Aegina font peut-être les plus fûrs parmi les
différens poids, dont nous avons parlé ci-deffus, et qui ne peuvent

d'Athènes, et PERICLES fut auffi embarraffé pour fa ruine, que CATON ne le
fut pour alle de Carthage.

*) Λεπτας και Παχειας Ζαλευκος εν νομοις τας δραχμας. Λεπτας μεν τας
εξοβολους, παχειας δε τας πλεον εχεσας. HESYCH. Pollux nous raconte,
que les Athéniens avoient nommé les Drachmes d'Aegina Παχειας, ou des Monnoies épaiffes, pour les diftinguer des autres.

vent aucunement être comparés avec d'autres Médailles grecques.
Et pourtant la Drachme d'Aegina peut péfer, felon la proportion
jufte, à peu près cent-dix grains, et une des Médailles ci-deffus
mentionnées, mais qui eft bien ufée, feulement quatre-vingt-dix
grains. D'autres plus grandes Médailles, qui paroiffent être des
Didrachmes d'Aegina, péfent cent-quatre-vingt-un jusqu'à cent-
quatre-vingt-quatorze grains, mais le dernier poids feulement
leur eft propre, quand elles font bien confervées; car on doit dé-
duire dix grains, ou environ, même dans les Médailles les mieux
confervées, particulièrement dans un métal fi mol que l'argent,
parcequ'elles ont du fouffrir beaucoup pendant le tems extrêmement long de deux mille et quatre cent années. De cette manière on peut rapprocher la Drachme d'Aegina de fon jufte et propre
prix. L'Obole d'Aegina fe rapportoit à la Drachme, qui en contenoit fix; il pèfoit quinze grains et demi, et treize quand il étoit
bien ufé; le demi-obole pèfe huit grains, et il en péferoit neuf,
s'il n'étoit pas ufé.

Tel me paroît avoir été l'arrangement de ces Médailles remarquables, où chaque article va, pour ainfi dire, de foi-même fe ran-
ger à fa place propre, comme au contraire il n'y a que confufion,
quand on les veut fupputer d'après les autres Monnoies, qui
avoient cours dans la Grèce. G R O N O V E s'empreffe beaucoup à
prouver, que les Corinthiens fe font fervis du titre des Monnoies
d'Aegina, mais les Médailles de Corinthe, tant les plus anciennes, que les plus modernes, font toutes du coin attique ordinaire. *)

D'après

*) Le feul fondement, qu'on ait pour la diftinction prétendue, qui fe trouve entre le
Talent de Corinthe et l'Attique, eft l'hiftoire connue de Démofthène et de Lais,
qu'Ac-

D'après cette fupputation préliminaire du plus ancien titre des Monnoies, paffons à la confidération des Médailles mêmes. Le nom principal de l'argent grec eft la Drachme, ou la huitième partie d'une once, divifion, qu'on a retenue jusqu'à nos jours dans le poids de nos Apoticaires; car les Médailles grecques avoient ordinairement leur nom de leur poids refpectif, quoiqu'il y ait des exemples, où fe trouve le contraire, et où les poids ont reçu leur nom des Médailles. Le meilleur prix mitoyen, qu'on puiffe fixer d'une Drachme d'argent, eft celui de neuf *penny* d'Angleterre. Les Auteurs Romains donnent le même prix à la Drachme grecque, qu'au Denier romain, quoique le dernier n'ait eu que la valeur de huit penny; ainfi, ou on n'a pas été trop fcrupuleux dans ce compte, ou les Drachmes grecques par leur antiquité ont perdu peu à peu quelque chofe de leur poids. La Didrachme d'argent, qui eft une Drachme double d'après fon nom, avoit le prix de dix-huit penny. On trouve bient rarement des Tridrachmes

en

qu'Aelien nous raconte. Laïs demandoit μυρίας δραχμὰς ἢ τάλαντον, dix mille Drachmes Attiques. DEMOSTHÈNES lui répondit, qu'il ne payeroit jamais dix mille Trachmes pour une chofe, de laquelle il devoit fûrement fe répentir. On juge de là, que dix mille Drachmes attiques faifoient un Talent de Corinthe. Mais pourquoi ne pas croire, qu'il ait voulu dire: Dix mille Drachmes, ou au moins un Talent. DEMOSTHÈNES prit naturellement la fomme, qui étoit plus grande, pour faire fentir davantage le piquant de ce qu'il difoit. Outre cela, n'eft-il pas poffible, qu'on ait peu compris Aelien? Ne peut-on pas avoir corrompu peu à peu fon Manufcrit? Le lecteur eft prié de remarquer dans cette occafion, que tous les Talens, pris d'ARBUTHNOT, ne s'appuyent pas fur un meilleur fondement, excepté ceux d'Attique et d'Aegina, dans lesquels nombre d'écrivains font d'accord, ce qui a été auffi appuyé par des Médailles mêmes, qui font ici les plus furs témoignages.

E

en argent, et il eft incertain, fi peut-être de favans Médailliftes n'ont pas attribué ce nom aux Didrachmes, faites d'après le titre des Monnoies d'Aegina; de refte le nom conftate le prix de trois Drachmes, ou de deux Schelings et trois penny d'Angleterre. La Tetradrachme d'argent avoit le prix de quatre Drachmes ou de trois Schelings d'Angleterre. C'étoit la plus grande Monnoie en argent, fi l'on en excepte la Tetradrachme d'Aegina, qui a le prix de cinq Schelings.

Mais il y a encore beaucoup de fousdivifions de la Drachme d'argent. La plus grande eft le *Tetrobolion*, ou une pièce de quatre Oboles, ayant rapport à la Drachme, comme un Groat anglois à une pièce de fix penny. Après cela fuit la Hémidrachme, ou le *Triobolion*, pièce de la moitié d'une Drachme, péfant à peu près trente-trois grains et ayant le prix de quatre penny et demi. Le *Diobolion* d'argent, ou le tiers d'une Drachme, le poids duquel eft vingt-deux grains, le prix trois penny; *l'obole* d'argent péfe environ onze grains, et valoit, felon le cours ancien, un Pence et demi. C'eft le même rapport d'un *Hemiobolion* d'argent, ou du demiobole, péfant cinq grains et demi, et valant le prix d'un demi Penny-Farthing; comme aufli du *Tetartobolion* ou du *Dichalcos*, pièce de quatre oboles, qui eft la plus petite Médaille, qu'on ait trouvée jufqu'à préfent; il péfe deux grains et trois quarts, et il vaut, felon le prix courant, un Farthing et demi. Les plus petites Médailles de toutes font fi petites, qu'il n'eft pas étonnant, que la plupart fe foient perdues; mais cependant il y en a une d'Athènes dans le Cabinet du D. HUNTER, et STUARD en a aufli apporté quelques unes d'Athènes, à ce qu'on m'a raconté. Je crois aufli, qu'il s'en trouve encore de Tarente.

D'après

D'après les Auteurs grecs, qui ont écrit fur les poids et les mefures, et qu'on trouve à la fin de *Stephani Thefaurus Linguae graecae,* *) il femble, qu'il y avoit encore une petite Médaille d'argent, du poids d'un grain et un quart, qu'on nommoit ordinairement *Chalcos,* parcequ'elle en avoit le prix. Elle faifoit la moitié de la Médaille ci-deffus mentionnée, et étoit la huitième partie d'un Obole. Mais cette Médaille étoit fans doute fi petite, que l'occafion ne fe prefentera que bien rarement d'en trouver une, et en cas, qu'elle fe prefentât, les payfans, qui font ordinairement les trouveurs des Médailles, ne les regarderoient pas comme des chofes dignes de quelque attention, fi elles n'échapoient pas tout à fait à leurs yeux.

Les Médailles grecques d'argent avoient des noms différens, à ce qu'on peut juger facilement, felon leurs différens pays. Nous ne favons de ces noms que très peu, et cette chofe n'eft pas aulli d'importance. Pollux nous raconte, qu'on avoit nommé la Tetradrachme avec la tête de Pallas, κόρη ou la fille, nom, qu'il paroît appliquer aux Médailles Athéniennes, quoiqu'l y en ait des autres villes avec la tête de Proferpine et la Légende κόρη, à laquelle ce nom conviendroit fans doute mieux. Χελώνη, ou la tortue, étoit un autre nom, qu'on donnoit à une Médaille avec ce type. Δημαρέτιον, Médaille de Sicile, avoit fon nom de l'époufe

E 2

poufe

---

*) Tom. IV. p. 214. Ces Ecrivains, les Fragmens desquels ont rapport au poids et à la mefure, et qui font connus, font Galenus, dont on doute encore, Cleopatra, Hero d'Alexandrie, à ce qu'on croit, et Dioscorides. Tous fe contredifent l'un à l'autre presqu'en chaque point, et on ne peut guères s'y fier. CLARKE et d'autres citent d'eux ce qu'ils croyent convenir à leurs opinions, et ils paffent le refte.

poufe de Gélon. Κραπαταλος étoit une Tetradrachme, tenant huit 'Ευθείας, dont la dernière étoit une pièce d'une Demidrachme. Τροισήνιον tiroit le nom de la ville de Troezène; la Tête repréfente Pallas, le type un trident. Le Πέλανος Lacédemonien étoit un demiobole, qui avoit le prix de quatre *Chalcis*.

C'eft le Κόλλυβος, qu'on croit être le même que ce qu'on appelloit chez les Romains *Seftertius*, et c'étoit fans doute la quatrième partie d'une Drachme. On trouve ce nom chez des Lexicographes obfcurs; mais comme les Hiftoriens et les autres Ecrivains illuftres ne comptent que par Drachmes, Mines et Talens, les autres noms ne font point de conféquence. Cependant les Ciftophores, avec la châffe, ou corbeille myftique de Bacchus, d'où fort un ferpent, méritent encore d'être mentionnés. Ces Médailles étoient bien célèbres aux anciens tems, p. e. LIVE nous raconte, que Marcus Acilius, dans fon triomphe fur Antiochus et fur les Aétoliens en rapporta avec foi deux-cens-quarante-huit-mille. Cneius Manlius Vulfo, triomphant fur la Gallogrèce, en avoit deux-cens-cinquante-mille, et Lucius Aemilius Regillus dans fon triomphe naval fur la flotte d'Antioche cent-trente-un-mille; de même que CICERON nous raconte, *) qu'il en eût une grande fomme.

Parmi nombre d'opinions toutes différentes, celle d'un favant Médaillifte moderne **) paroît être préférable. Il nous dit, que

*) *Epift. ad Atticum. Lib. II. ep 1.*

**) NEUMANN *Populorum et Regum numi veteres inediti.* Tom. II. Vindob. 1783. 4.
POMPEJUS Feftus nous dit, que 7500 Ciftophori égaloient 4000 Deniers Romains,

que tous les Ciftophores étoient des Tetradrachmes d'argent, et, à
ce qu'il put voir d'après l'attention toute particulière, qu'il y avoit
employée, ils appartenoient aux villes d'Apamea et de Laodicea
en Phrygie, de Pergame en Myfie, de Sardès et de Tralles en Ly-
die, et d'Ephèfe; et ceux, continue-t-il, qui attribuent toute Médaille quelconque de ce genre à l'isle de Crète, s'éloignent bien de la
verité. Ciceron étoit gouverneur dans l'Afie mineure dans le tems,
où il fait mention du grand tréfor de telles Médailles, ce qui ap-
puie bien fon opinion (de NEUMANN) étant bien vraifemblable,
que fes richeffes confiftoient en Médailles, qui avoient cours dans
le pays, où il étoit alors. Pour les Ciftophores, regardés comme
Médailles Crétoifes d'après l'opinion ordinaire, on ne peut pas s'i-
maginer, que la petite isle de Crète eut battu une telle quantité
de Médailles, mentionnées dans le triomphe, dont nous avons
parlé. Quelle connexion d'ailleurs y a-t-il entre les triomphes,
ou le gouvernement de Ciceron, et les Monnoies de Crète? Mais
cependant les Médailles mêmes, à ce que nous avons dit ci-deffus,
affûrent le fait.

Les Médailles de Cyzicus en Myfie étoient auffi bien célèbres
aux anciens tems. Elles étoient en or, mais elles font disparues
peu à peu, de même que les Darics de Perfe, en recevant une
autre forme parmi les Monnoies. HESYCHIUS nomme entre
autres auffi un Ἀριανδικὸν νόμισμα, ou une Médaille d'Aryan-
de, (défigné gouverneur d'Egypte par Cambyfe,) desquelles au-

E 5

cune,

mains, mais c'eft un Auteur peu digne de foi. NEUMANN fe trompe auffi en
cela, car un Ciftophore pèfe, quand on veut prendre à peu près le mitoyen, cent-
quatre-vingt-feize grains, et équivaut, fi l'on compte d'après le titre des Monnoies
d'Aegina, à une Didrachme, quoiqu'il foit poffible, que la Tetradrachme eut beaucoup diminué peu à peu.

cune, à ce que nous favons, n'eft venue jusqu'à nos tems; car il eſt vraifemblable, qu'elles eurent des Légendes Perfes, de même que chaque autre de ce genre-là. Le même Auteur nomme auſ-ſi un Φιλιστίδιον νόμισμα, ou une Médaille de Philiſte, ſans qu'il nous diſe, où cette Reine avoit gouverné. C'eſt une choſe bien défagréable, car quoique beaucoup de ces Médailles foient parvenues jusqu'à nous (ce qui prouve en même tems, qu'elle a gouverné long tems, et dans un Etat, qui n'étoit pas pauvre,) les Médailliſtes favans n'ont pourtant pas encore déterminé, à quelle contrée on les peut attribüer. Beaucoup de perfonnes conjectu-rent, que c'eſt en Sicile; *) BEGER eſt plus porté pour Coſſara ou Malthe, ce qui eſt encore moins vraiſemblable.

Mais les Médailles d'Athènes, par rapport à leurs noms et à leur titre de Monnoie, excitent particulièrement notre attention; on en a trouvé tant de toutes grandeurs, au point qu'elles répan-dent beaucoup de lumière ſur tout ce qui regarde les Médailles grecques en général. Il eſt rémarquable, que la plupart des Mé-dailles Athéniennes, qui font parvenues jusqu'à notre tems, ſont d'une époque plus reculée, et qu'elles ont le nom du Magiſtrat. Il y en a quelques unes, qui ont la Légende: ΕΠΙ ΜΙΘΡΑΔΑΤΟΥ, et la fabrique en eſt ordinairement presque la même; bien peu re-montent jusqu'au ſiècle de ce Prince, qui prit la ville d'Athènes dans la guerre contre les Romains, et je foupçonne, qu'on n'a plus battu de Médailles Athéniennes d'argent après le fameux ren-verfement de cette ville par Sylla; il y a encore une autre choſe remar-

*) La Légende ΒΑΣΙΛΙΣΣΑΣ ΦΙΛΙΣΤΙΔΟΣ inſcrite ſur les gradins (Gradini) du Théâtre de Syracufe, femble confirmer cette opinion, mais ce Théâtre même ne paroît pas paſſer le tems de l'Empire Romain. V. RIEDESEL Voyage en Sicile par FORSTER.

remarquable en cela, que Sylla, d'après la relation de SALLUSTE, eſt devenu ſavant en Grèce. Mais Caligula, Néron et pluſieurs autres, qu'on pourroit conſidérer comme la peſte du genre humain, étoient des hommes de ſcience, presque pour braver la ſentence connue et reçue presque par tout:

ingenuas didiciſſe fideliter artes
Emollit mores, nec ſinit eſſe feros.

Il eſt encore plus remarquable, que la fabrique des Médailles d'Athènes eſt presque en général bien groſſière, choſe toute ſingulière, ſi nous conſidérons, combien les arts y fleuriſſoient auparavant. Je crois, que nous pouvons attribuer cela à ce qu'on attiroit ſouvent les meilleurs artiſtes dans d'autres pays et qu'il n'y reſtoit que les médiocres et les plus chétifs. De même les Médailles, battues à Rome aux tems des Empereurs, ſont excellentes, étant les ouvrages des meilleurs artiſtes grecs, comme au contraire celles, qui avoient été battues en Grèce à cette époque, n'étoient ordinairement travaillées que bien médiocrement, quoique ce pays-là produiſit alors les plus admirables artiſtes. La richeſſe d'Athènes, que cette ville devoit dans un bien haut dégré au commerce riche avec les places ſur le Pont-Euxin, étoit bien grande dans les jours de la plus haute ſplendeur. Délos, qui apartenoit à Athènes, étoit préférablement le centre de ce commerce-là. NEUMANN s'étonne bien ici, que nous n'ayons point de Médailles de Délos, qui étoit ſi célèbre à cauſe de ſa richeſſe, en ayant tant de Mycone, dont la pauvreté étoit paſſée en proverbe. Mais on peut expliquer cela aiſément, Délos étant aſſujettie à Athènes, Mycone au contraire étant un pays libre. On peut auſſi ſuppoſer, qu'Athènes avoit un hôtel des Monnoies à Délos, et que peut-être

les

les Médailles Athéniennes, qui ont Apollon, Diane ou Latone pour types, ont été battues dans cette isle.

ARTICLE SECOND.
Médailles grecques en bronze.

Les Médailles les plus antiques font celles en bronze. Il n'eft pas connu, dans quel tems les premières Médailles de ce métal eurent lieu en Grèce; mais nous avons fujet de croire, qu'elles n'étoient en ufage à Athènes, qu'à la vingt-fixième année de la guerre du Peloponèfe, dans laquelle Callias étoit Archonte pour la deuxième fois. C'étoit l'an 404 avant J. C. et peut-être trois cens ans après on s'eft mis premièrement à battre des Médailles en argent. ATHENAEUS nous rapporte, que le poëte Dénis avoit été nommé l'Orateur de cuivre, parcequ'il avoit donné le confeil aux Athéniens, de faire frapper des Médailles de ce métal, d'où l'on peut juger en même tems, que Dénis vivoit au tems ci-deffus mentionné. Les premières Médailles de bronze, qui ayent été connues, font celles de Gélon, Roi de Syracufe, environ quatre-cens-quatre-vingt dix années avant notre ère.

Le Chalcos, qui étoit le nom d'une Médaille en bronze, paroît avoir été la première Médaille, qu'on ait battue de ce métal en Grèce, dont deux faifoient le quart d'un obole d'argent. Demofthène et d'autres Ecrivains de ce tems-là ne parlent de cette Médaille que quand l'occafion fe préfente de parler d'une chofe, qui ne vaut rien, et ils fe fervent ordinairement de ce terme: „Cette chofe n'a pas le prix d'un Chalcos,“ quand ils veulent dire, qu'une chofe ne vaut rien. Mais quand la Grèce devint

pauvre,

pauvre, on partagea le Chalcos dans les divers Etats en plus petites parties, qu'on nommoit λεπτα, ou petites Médailles. On en comptoit quelque fois deux, quelquefois quatre ou fix, même quelquefois huit pour un Chalcos, la pauvreté de ce pays-là ayant rendu ces plus petites Médailles néceffaires.

Ce n'eft qu'à POLLUX, à HESYCHIUS, à SVIDAS et à d'autres Lexicographes, que nous devons le peu de connoiffance, (qui eft venu jusqu'à nos jours, à ce qu'on fe le peut imaginer,) d'un objet fi mince, que celui des Médailles grecques de bronze. On pourroit appliquer bien juftement à tous ces Auteurs la fentence de POPE: „on peut croire d'un homme, qui peut s'avifer d'écri-„re un Dictionnaire, qu'il peut comprendre fort bien le fens d'un „feul mot, mais non pas de deux à la fois." Et vraiment, ils font fouvent des fautes impardonnables, même dans l'interprétation d'un feul mot.

POLLUX, et fon copifte SUIDAS, nous difent, que fept *Lepta* faifoient un Chalcos, nombre fans aucune vraifemblance, comme fi une fi petite Médaille, qu'on ne pouvoit presque plus partager, fût capable d'une telle fubdivifion. POLLUX vivoit au tems de Commodus, et par cet effet trop reculé, pour avoir la moindre autorité. SUIDAS, vivant quatre ou cinq fiècles après, ne mérite pas plus de confidération. PLINE nous dit, que dix Chalci faifoient un Obole; DIODORE et CLÉOPATRE feulement fix, ISIDORE quatre; et fi de tels Auteurs ne font pas d'accord dans leurs détails, nous avons lieu à plus forte raifon de croire, que c'eft le même cas par rapport aux Écrivains, qui ont moins d'autorité dans ces matières. Les Médailles, qui font venues

F   jusqu'à

jusqu'à notre tems, font des témoins infaillibles, qui atteftent cette vérité.

La plupart des Médailles grecques en bronze, qui font venues jusqu'à nous, font des *Chalci*, les Lepta étant fi petits, qui'ls ont pu le perdre plus facilement. Mais cependant il y a encore plufieurs pièces Athéniennes de deux Lepta, ou des *Dilepta*, particulièrement dans le Cabinet du D. HUNTER; et comme on trouve quelquefois le Diobole d'argent de deux chouettes, ou d'une chouette avec une tête et deux corps, il femble, que ces petites Médailles de bronze avec deux chouettes font des Dilepta, particularité, qui réfute POLLUX de foi-même; car un Dilepton ne peut pas être la feptième partie d'un Chalcos (qui ne peut être partagé en fept parties) divifion, dont une Médaille de ce métal n'eft jamais fufceptible, et qui contredit le fens commun. Il faut remarquer ici, que toutes les Médailles Athéniennes en bronze, telles, qu'elles ont été publiées par D. COMBE, peuvent être réduites à quatre claffes, qui s'appellent: Lepton, Dilepton, Tetralepton, ou la moitié du Chalcos, et le Chalcos même. La première Médaille n'eft pas plus grande, qu'un FARTHING du Roi Jaques I. et la dernière a à peu près la grandeur d'un FARTHING commun. *)

Je ne crois pas, qu'il y ait encore d'autres noms de Médailles grecques en bronze, qui nous foient connus. Les Lepta s'appelloient auffi κέρματα, en les confidérant comme des petites Monnoies pour les pauvres; de même que l'Angleterre a des Médailles

avec

---

*) Lycurgue introduifit à Sparte des Médailles de fer. Mais quoique ces Médailles fuffent endurcies au feu, et éteintes à l'eau, ce métal eft pourtant fi périffable, qu'aucune d'elles n'eft venue jusqu'à notre tems.

avec la Légende: FOR NECESSARY CHANGE. Le $\varkappa\iota\delta\alpha\beta\circ\varsigma$ étoit la huitième partie d'une Hémidrachme, qui tire fans doute fon nom du mot $\varkappa\iota\delta\alpha\varphi\circ\varsigma$, ou du Renard, qui s'y trouve. C'étoit la Monnoie d'un pays particulier, qui doit avoir pefé trois Chalcos, quand elle étoit de bronze.

Voilà l'état des Médailles gaecques en bronze, battues avant la conquéte de cet Empire par les Romains. Mais elles perdirent leur prix en proportion de la pauvreté, compagne du malheur, et de la variation naturelle des Monnoies dans chaque pays à différentes époques.

On ceſſa tout à fait de battre alors des Médailles en or; et celles de quelques Rois, qui n'étoient pas grecs, portoient des Légendes grecques et fembloient avoir pris pour modèles les Médailles romaines, la permiſſion, de battre des Médailles en or, fubſiſtante des Empereurs Romains. Le propre de peu de villes afiatiques, qui fe fervoient de Légendes grecques, et qui frappoient des Médailles en argent au tems des Empereurs, eſt inconnu. Il femble, qu'on n'ait battu en Grèce même que des Médailles en bronze, et même d'après le titre des Monnoies Romaines, embraſſé univerfellement, afinque l'argent pût mieux circuler. Mais ils y retenoient quelques termes, qui leur étoient propres, et qu'ils méloïent avec des romains.

Comme d'un Affarion ou Affarium à Rome (Diminutif du nom de l'As) feize faifoient une Drachme, ou un Denier, les Oboles perdoient tant par là de leur prix métallique, tellement, qu'on ne les battoit pas de ce tems là plus grands, que les *Chalcos* ancicns, et valoient environ deux ou trois Affaria, ce qui rap-

prochoit

prochoit également l'ancien prix de celui de la Drachme. Nous voyons cela dans les Médailles de bronze de Chios, où s'y trouve le nom. L'obole en bronze, qui égaloit au commencement le Sefterce Romain, ou le premier volume des Médailles de bronze, fe reduifit avec le tems à peu près à la grandeur d'une Drachme en argent. La grandeur des celles de tems qui fuivirent, fe prefente dans l'ouvrage de GESSNER (Pl. XLVIII. No. 19.) où l'on voit une Médaille de Nyfa avec un épi de froment et le mot NI-ΚΑΙΩΝ fur un coté, et fur l'autre un jeune homme, debout fur la proue d'un vaiffeau et tenant de la main une Médaille avec la Légende: OBOΛOΣ. Le cuivre et l'airain mince, qui eft en ufage dans les Médailles Impériales grecques, fait connoître, que ce métal étoit bien rare en Grèce et dans toutes les villes, qui fe fervoient de caractères grecs, et on ne le trouvoit pas non plus dans les contrées occidentales de l'Empire romain.

On ne peut pas déterminer exactement la Chronologie des Médailles ci-deffus mentionnées, mais je crois, que l'époque de la décadence de leur grandeur alla à peu près d'Augufte jusqu'à Gallien.

On peut néanmoins affûrer, qu'on fe fervit de l'obole, qui fut au commencement de la première grandeur, environ aux tems, que la Grèce fe foumit à l'Empire Romain, *) et que les Lepta cefsèrent, lorsque les *Chalci* avec les *Dichalcis* et *Hemio-bolis* les remplacèrent. Mais il femble, que les Chalci furent fouvent nommés *Lepta*, qui étoit, fans contredit, un nom commun, mais qui convenoit à leur petiteffe. La Drachme d'argent **)

fût

---

*) Vitruve, vivant au tems d'Augufte, parle d'Oboles en bronze. Lib. III. c. 1.

**) Σίκλοι — ἔχει δὲ δύο Λεπτὰ καλούμενα, ἅ εἰσι δραχμαὶ δύο. HERO Alex.

fut auffi nommée Lepton pour cette même raifon, de même que
l'Affarion*) du tems fuivant, qui n'étoit pas plus grand, que le
Chalcos, qui vint enfuite, ou la Drachme d'argent.

ARTICLE TROISIÈME.
Médailles grecques en or.

Il n'eſt pas conſtaté, qu'on ait battu en Grèce des Médailles en
or avant les tems de Philippe de Macedoine.   Car il n'y a qu'une
feule Médaille grecque en or, qui foit venue juſqu'à notre tems,
et qui portât la marque fûre d'avoir été battue au tems de Philippe de Macédoine.   Dans les tems antérieurs il en exiſta encore
moins.

Athènes, la plus floriſſante ville de la Grèce, n'avoit point
encore de médailles en or au commencement de la guerre du Pé-
loponèfe, comme nous le pouvons conjecturer certainement par
un paſſage de THUCYDIDE. Cet Hiſtorien, faiſant mention, au
commencement de cette guerre, du tréfor d'Acropolis, citadelle
d'Athènes, parle des Médailles en or, et des monceaux d'or et
d'argent; parmi lesquels, s'il y eut eu une feule Médaille d'or, il
l'auroit mentionnée fans doute. C'étoit à peu près l'an quatre-
cent-vingt-huit avant notre Ère, et Philippe prit poſſeſſion du
gouvernement trois-cens-foixante ans avant J. C. ou foixante-huit
ans plus tard. Si une ville de la Grèce avoit monnoyé l'or, on

F 3   peut

Alex. *in fragm. de re numar.* Les Auteurs des tems qui fuivirent, confondoient
fouvent les Λεπτὰ, Δραχμὰς, ὄλκας, ὀβόλους.

*) Ἀ Λεπτὰ καλεῖται ἀσσάρια. EPIPHANIUS *in Gron. p.* 529.

peut préfumer, qu'aucune d'elles ne l'eut fait avant la ville d'A-
thènes, qui étoit fi opulente et fi fplendide.

On s'eft mis à la vérité de bonne heure à monnoyer l'or en
Sicile; le commerce immenfe et la richeffe naturelle de cette isle
en furent fans doute la caufe. Car nous avons des Médailles d'or
de Gélon 491, d'Hieron I. 478, et de Dénis I. 404 ans avant J.
C. toutes avec des caractères grecs; mais on ne peut pourtant pas
les compter parmi les Médailles grecques d'or, la prife de la Grèce par Philippe leur ayant proprement donné la première exiftence
dans ce pays-là; les Médailles d'or de Syracufe appartiennent à là
troifième claffe de l'antiquité, car on y trouve un quarré entaillé,
et une petite figure fur une de fes divifions. Les feules villes,
dont nous ayons des Médailles d'or, et qui fe ferviffent des caractères grecs, étoient Bruttium et Tarente en Grande Grèce, Pan-
ticapaea en Thrace, et Cofa, qui eft auffi fitué dans ce pays-là, à
ce que NEUMANN l'a prouvé fort bien, et non pas en Toscane,
comme l'on a cru jufqu'à préfent.

Il y a néanmoins des Médailles, au rapport du même Auteur,
battues par Brutus, mais qu'on doit confidérer indubitablement
comme des Médailles grecques plus antiques. Il y en a d'autres
de Cyrène, de Syracufe, de Lampfaque en Myfie; il en eft auffi
en Grèce des Aetoliens en Acarnanie, de Thèbes et d'Athènes.
Ces Médailles d'or Aetoliennes avoient été battues vraifemblable-
ment au tems de leur plus grande puiffance, environ cent ans
après Philippe, quand Aratus et l'alliance d'Achaïe combattoient
enfemble. L'or Thebéen et Athénien, comme il eft vraifemblable, a été battu au tems, que Philippe leur en avoit donné l'e-
xemple, et qu'ils maintenoient leurs libertés contre lui. On ne
trouve

trouve qu'un feul ἡμιχρυσος Thebéen, bien ufé, et qui ne pèfe que cinquante neuf grains, au Cabinet du Dr. HUNTER; et
peut-être à peine y a-t-il deux ou trois Χρύσοι Athéniens, ou
Drachmes d'or, dans le monde. L'une eft dans cette Collection
et pèfe 132½ grains. On n'y trouve pas le quarré, ufité fur les
Médailles Athéniennes des premiers tems, et il femble pour cet
effet étre beaucoup plus moderne, que telles Médailles, qui vont
jusques dans les quarante ans du gouvernement de Philippe. Et
comme il paroît, qu'Athènes, la plus importante ville de la Grèce, ne battit pas de Médailles en or, avant qu'elle n'en reçût un
exemple, on en peut inférer, qu'aucune de ces villes ne l'ait fait.

Diodore de Sicile nous dit, que Philippe, après avoir pris
Crénides, ville limitrophe de la Thrace, (qui fut renommée dans
la fuite par la bataille entre Brutus et Caffius,) il l'aggrandit et la
nomma Philippi de fon nom. Il y avoit dans cette contrée des
mines d'or, qu'on n'avoit guères exploitées auparavant, et qui à
cet effet ne donnoient pas beaucoup de revenus; mais il y fit tellement travailler enfuite, qu'elles rendirent annuellement mille
Talens, ou 2,880,000 Livres-Sterlings d'Angleterre. De cet or il
fit battre les premières Médailles d'or, qu'on nomma *Philippi*,
à caufe de fon portrait, qui s'y trouvoit. La quantité de ces Médailles étoit fi grande, qu'elles étoient bien fréquentes encore
beaucoup de tems après dans l'Empire Romain; c'eft pourquoi le
nom de Philippi étoit en ufage dans des Médailles de la même
grandeur, *) foit qu'elles fuffent d'or ou d'argent, et même auffi

de

---

*) Les exemples de telles nominations impropres font bien communes parmi les Mon-
noies modernes. Les Jules des Etats du Pape et les Guinées angloifes, quoique les
dernières n'ayent été battues de l'or de Guinée qu'au commencement, en font des
exemples,

de bronze. Ces événements datent du gouvernement de Philippe, 358 années avant J. C.

Nous avons obligation à Athénée de ce qu'il nous a informé, que l'or étoit extrêmement rare en Grèce, même au tems de Philippe, mais que les Phocéens, ayant faccagé le temple de Delphes, et donné par là occafion à la guerre fainte, l'or, qu'on avoit eftimé jufqu'à ce tems là comme des diamans, et qui n'étoit deftiné que pour orner les temples des Dieux, commença à devenir plus commun aufli parmi les Grecs.

HERODOTE, qui vivoit environ quatre-cens-quarante ans avant notre Ère, et cent ans après Darius, qui fit battre les Darics Perfes, évalue l'or treize fois aufli haut que l'argent, PLATON dans fon HIPPARCHUS douze fois; mais dix à un femble avoir été le prix dernier et le rapport permanent de l'or à l'argent, quoiqu'à Rome l'abondance d'argent, qu'on recevoit des mines éspagnoles, réhauffât la valeur de l'or à l'argent, mais on ne doit pas croire, qu'on évaluât l'or en tous tems douze fois plus haut que l'argent.

Le Χρύσος, qu'on peut exprimer par *pièce d'or, ftater d'or,* ou par *Philippe,* eft une Didrachme, qui étoit battue en tout d'après les Médailles d'or anciennes. C'eft pourquoi on peut dire, qu'au commencement on ne comptoit pas plus de vingt Drachmes d'argent à un, mais aux tems plus reculés vingt-cinq Drachmes grecques ou Deniers romains. Il y a quelques Auteurs, qui nous difent tout de bon, que, cela fuppofé, on auroit fans doute envoyé tous les Philippes d'or à Rome, le change en étant bien profitable. Ils parlent fagement du change entre la Grèce et Rome, en cas, que la Grèce n'eut rien à changer, ou que ce change eut pu être dangereux. Qu'on envoye M. CLARKE en Irlande, pour y

chercher

chercher une réponfe aux raifons alléguées fur cet objet. Pour-quoi n'y vont pas toutes les Guinées angloifes, où elles valent vingt-deux Schelings et neuf Penny? N'a-t-on pas pour chaque Scheling la douzième partie de gain?

Nous favons des anciens Auteurs, et de l'immenfe quantité, que nous en avons encore de nos jours, que les pièces d'or de Phi-lippe, qu'on nommoit *Philippi*, étoient des Didrachmes. Nous favons auffi de ces mêmes Auteurs, *) que le Χρύσος, ou la Mé-daille d'or de la Grèce, qu'on préferoit le plus, étoit de ce poids. S'il valoit vingt Drachmes d'argent, c'étoit, d'après la valeur an-cienne, autant que quinze Schelings anglois de notre tems; mais l'or n'ayant à préfent qu'un prix médiocre, il valoit, felon notre compte, quatre Livres-Sterlings; l'once vaut à préfent, felon fa valeur intrinfèque, une Livre. Le Ἡμιχρύσος, ou la moitié du précédent, (Χρύσος,) en cas, qu'il s'en prefentât un une fois, peut à peine être de Philippe et d'Alexandre; mais il y en a de Hieron I. de Syracufe et de Pyrrhus. Il pèfe autant qu'une Drach-me et a la valeur de dix Drachmes d'argent, ou de fept Schelings et fix Penny; mais à préfent il a la valeur de dix Schelings, felon la proportion de l'or à l'argent de notre tems. Le Τεταρτο-Χρύσος, ou le quart d'un Philippe, eft de Philippe, d'Alexandre, et de Lyfimaque; il pèfe trente-trois grains, et on y compte pour cinq Drachmes d'argent, ou trois Schelings et neuf Penny; fa valeur intrinfèque, d'après notre évaluation, eft de cinq Schelings.

Il y

---

*) Πολίμαρχος φησι δύνασθαι τὸν χρυσοῦν παρὰ τοῖς Αττικοῖς δραχμὰς δύο. Τὴν δὲ τοῦ χρυσοῦ δραχμὴν νομίσματος ἀργυρίου δραχμὰς δέκα. HESYCH. Ὁ δὲ χρυσοῦς στατὴρ δύο εἶχε δραχμὰς Ἀττικάς. POLLUX.

Il y a d'ailleurs des Médailles d'or de Cyrène, qui font encore plus petites, et qu'on peut compter plus haut que deux Drachmes d'argent. Je ne puis rien dire des Médailles bien anciennes d'or de l'Afie mineure, qui valoient, d'après un compte moyen, environ quarante grains. On peut certainement avancer, qu'elles n'ont été battues, que pour faire une proportion jufte à tant de Médailles fans aucun rapport à leur poids, ni comme des parties de la Drachme.

Nous avons aufîi encore des Médailles d'or plus grandes, que le Χρύσος, ou la Didrachme. Le Διχρυσος d'Alexandre et de Lyfimaque en pèfe le double, ou environ deux-cens-foixante-fix grains, et valoit quarante Drachmes d'argent, ou une Livre et fix Schelings; et felon l'évaluation d'à préfent deux Livres. Nous avons même le Τετραστατηρ, ou le Χρύσος quadruple de Lyfimaque, d'Antioche III. et de quelques autres Régens égyptiens. Cette Médaille pèfe cinq-cent-trente grains; elle valoit quatre-vingt Drachmes d'argent, ou trois Livres-Sterlings, et, felon l'évaluation de notre tems, quatre Livres-Sterlings. Il y en a, qui pèfent cinq-cens-quarante grains, mais fans doute l'or, qui a plus d'alliage, en eft la caufe; mais il refte encore douteux, s'ils avoient quelque rapport au titre des Monnoies attiques.

SUR

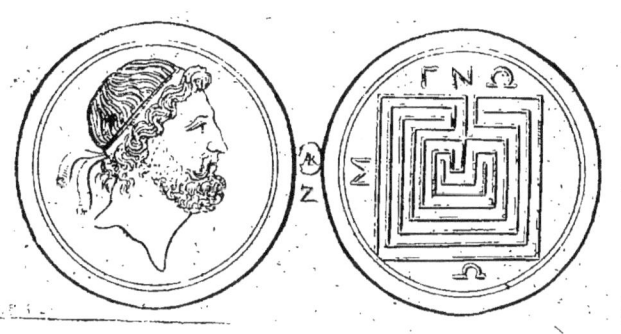

SUR
LES MÉDAILLES CONTREFAITES, ET COMMENT ON
LES PEUT DISCERNER DE CELLES, QUI SONT VÉ-
RITABLEMENT ANTIQUES.

L'appas du gain dans la contrefaction des Médailles antiques étant si grand, il n'eft pas étonnant, qu'on fe foit avifé de raffiner dans cette fourberie de plus en plus. Elle s'eft répandue et pro-pagée extraordinairement, parcequ'on n'en étoit pas empêché par les loix d'aucun pays, et, bien loin de la confidérer comme un crime, les Artiftes les plus habiles, qui parurent au commence-ment du feizième fiècle, faififfoient avidement cette occafion, de s'annoncer pour exceller dans cet art.

A peine a-t-il paru des Curieux, qui fe font empreffés d'a-maffer dés Médailles antiques, qu'il y a eu auffitôt des fourbes, qui ont cherché à les tromper, au point même qu'un apprentif de nos jours en cette fcience ne s'y laifferoit pas prendre. Dans ce nombre étoit celle de Priame, ΒΑΣΙΛΕΟΣ ΠΡΙΑΜΟΥ, avec une repré-fentation de la ville de Troye fur le revers et ΤΡΟΙΑ; de plus d'A-

riftote,

riftote, avec ENTEΛEKEIA; d'Artemife avec le Maufolée. Entre les Médailles Romaines appartient ici celle d'Anibal avec ACCI-PITE; de Jules Céfar avec VENI, VIDI, VICI; d'Augufte avec FESTINA LENTE; de Scipion avec CARTHAGO SUBACTA; d'Emile avec SVBACTA LIGVRIA; de Cinna avec MARTI VL-TORI; de Sempronius avec PIETAS; de Marius avec VICTORIA CIMBRICA; de Craffus avec DEVICTIS PARTHIS; de Cicéron avec TRINACRIA PROSCRIPTO VERRE. Il y a un Médaillon rémarquable d'Heraclius, que J. SCALIGER et LIPSIUS croyent avoir été battu au tems de cet Empereur, mais n'avoir été connu en Italie qu'au commencement du quinzième fiècle. Il a des In-fcriptions grecques et latines, et fur le revers l'Empereur eft re-préfenté affis fur un char.

Il y a d'autres Savans, qui ont fait des fautes toutes finguliè-res, parlant des Médailles; car quoiqu'un homme foit favant dans une fcience, il ne s'en fuit pas, qu'il ne puiffe être ignorant dans une autre. BUDAEUS allègue un Denier de Cicéron avec M. TVLL. dans fon livre: De Affe. ERASME nous raconte férieufe-ment dans une de fes lettres, que les figures fur la Médaille de Brutus en or avec KOΣΩN, qui eft frappée en Thrace, repréfente le patriarche Noé, qui fort avec fes deux fils de l'arche, et il prend bonnement l'aigle romain pour le pigeon portant la feuille d'olivier. Rien n'eft plus humiliant pour la raifon humaine, que des fautes fi grandes, faites par de tels hommes. Nous voyons de même presque tous les jours, que des Auteurs favans, et qui font pleins d'esprit, font des fautes extraordinaires, particulière-ment dans l'antiquité, qui eft une fcience diftincte, et qu'on ne peut apprendre qu'avec beaucoup d'efforts.

WINKEL-

WINKELMANN nous apprend dans une de ſes lettres, que la petite Médaille en bronze avec le portrait de Virgile, et EPO ſur le revers, eſt ſans contredit une Médaille antique romaine, et il ajoute avec une prudence conſommée et avec une rare pénétration, qu'il n'exiſte aucune connoiſſance des Médailles hors de la ville de Rome. Mais un apprentif d'Islande, très peu verſé dans cette ſcience, auroit pu dire à M. WINKELMANN, que cette Médaille a été battue au ſeizième ſiècle à Mantoue, à l'occaſion d'un jubilé, qu'on y célébroit en ce tems là à l'honneur de Virgile; et il lui en auroit pu alléguer deux ou trois ſortes différentes du *Muſaeum Mazzuchellianum*. Un novice dans la ſcience des Médailles auroit pu lui apprendre, que ces pièces ſont d'une manière et d'une fabrique, qui eſt auſſi peu reſſemblante au tems d'Auguſte, que chaque Médaille moderne ne l'eſt à une Drachme du tems d'Alexandre le grand. Cet exemple fait voir, que non ſeulement l'Antiquité en général forme une ſcience ſéparée, mais auſſi, que chacune de ſes branches en forme une autre, et que M. WINKELMANN, ſi ſavant d'ailleurs dans la connoiſſance de la ſtatuaire, ne ſavoit rien dans la ſcience numismatique.

D'autres Artiſtes, d'autres ouvrages; voici la ſource, d'où provient le danger d'être trompé. C'eſt pourquoi il n'eſt point étonnant, que les Connoiſſeurs, même les plus experts, ayent été abuſés par des Artiſtes, qui faiſoient métier de cette ſupercherie. Entre autres on trouve les noms de Victor Gambello, Giovani del Cavino, qu'on nomme ordinairement le Padouan, et ſon fils; d'ailleurs Aleſſandro Baſſiano, auſſi de Padoue, Benvenuto Cellini, Aleſſandro Greco, Leo Aretino, Jacobo da Trezzo, Federigo Bonzagna, et ſon frère Giovani Jacopo *), Sebaſtiano

G 3

Plum-

---

*) Tous ceux-là ont été déjà mentionnés par VICO, qui a écrit en 1548.

Plumbo, Valerio de Vicence, Gorlaeus Allemand, Carteron Hollandois et d'autres. Tous, ou au moins plusieurs d'eux vivoient au seizième siècle, et Cavino, le Padouan, au milieu du même siècle. Les Médailles contrefaites de Cavinus, se sont acquis une grande renommée, parcequ'il les a très bien exécutées. La plus grande quantité est de lui et de Carteron, tandisque quelques uns des Artistes mentionnés, n'ont pas fait plus de trois ou quatre coins. Parmi les faux-monnoyeurs plus modernes étoient Dervieu de Florence, qui ne s'attacha qu'aux Médaillons, et Cogornier, qui contrefit les Médailles des trente tyrans, en petit bronze.

On voit la plus grande fourberie, et qui n'est guères fine, par rapport aux Médailles grecques, à ce que je sais, des ci-dessus mentionnées, sur lesquelles on représentoit des personnes, qui ne pouvoient jamais se rencontrer sur les Médailles, p. e. Priame, Enée, Platon, Alcibiade, Artemise et plusieurs autres.

Les Médailles grecques véritablement antiques ne furent que peu connues ou peu estimées, jusqu'à ce que les Ouvrages de GOLTZIUS ont été publiés, laquelle publication eut heureusement lieu après les tems des grands fourbes. On ne peut pas aisément comprendre, pourquoi les faux-monnoyeurs, qui parurent après, se sont avisés si rarement de les imiter, si non que le travail artistement fait, qu'on trouve sur les Médailles originelles, et qui brave toute contrefaction, en soit la cause. Mais on peut cependant trouver des Médailles faussés parmi les plus antiques, et entre autres aussi parmi les grecques.

Cette fourberie règne dans un dégré extraordinaire parmi les Médailles Romaines. Mais le Lecteur doit se garder de regarder

garder comme modernes toutes fortes de tromperies parmi les Médailles des métaux nobles. Car il y a beaucoup de Médailles antiques, qui tirent leur origine des faux-monnoyeurs de l'argent
courant de ce tems-là, et on les eftime fouvent plus que les loya-
les, parcequ'elles font ou fourrées, ou travaillées d'une telle autre manière, qu'un fourbe moderne ne fauroit imiter, et qui par
cet effet ont en même tems en elles même des marques d'antiquité. Les Anciens mêmes eftimoient des Médailles imitées d'une
manière fenfée et judicieufe, tellement qué, felon PLINE*), on
paya fouvent plufieurs Deniers véritables pour un feul faux.

XIPHILIN nous raconte d'après DION, que Caracalla faifoit
circuler des Médailles en cuivre et en plomb, qui étoient couvertes d'une lame d'or ou d'argent. On trouve quelquefois de telles
Médailles fourrées des villes et des Régens grecs, faites auffi par
des faux-monnoyeurs anciens. On trouve même quelquefois ces
fourberies parmi telles, qui ne font ni romaines, ni grecques.

On a découvert quelques Médailles de fer et de plomb, qui
étoient couvertes de lames de bronze, qui étoient peut-être des
effais des faux-monnoyeurs dans leur art. Le fer eft le plus
commun en cela, mais on a pourtant reconnu une Médaille de
Néron avec DECVRSIO pour une Médaille en plomb, couverte
de bronze. NEUMANN**) remarque très bien, qu'on ne doit pas
ajouter une foi hiftorique aux Médailles fourrées, et que les revers

*) Falfi Denarii fpectatur exemplar, pluribusque veris Denariis adulterinus emitur.
   PLINII Hift Nat,

**) Numi Romanorum anecdoti, (à la fin du deuxième Volume,) Vindob. 1783. in 4.

vers les plus poftiches etc. viennent des Médailles fourrées, qui ne font pas marquées comme telles.

Il y en a même quelques unes, mais pas beaucoup, parmi les Médailles des familles Romaines, qui font fauffes. Le Denier bien connu en argent, avec le bonnet de la liberté et avec les deux poignards, eft un exemple principal d'une telle Médaille, qu'on a reconnue pour contrefaite, et qu'on poûvoit défapprouver facilement par les marques fuivantes: Sur la Médaille, qui eft véritablement antique, le bonnet de la liberté eft fous la poignée des poignards; fur la fauffe, la partie fupérieure du bonnet eft au-deffus de la poignée.

Parmi les plus grandes fuites des Médailles, c'eft-à-dire, parmi celles des Empereurs Romains, celles, qui font contrefaites dans les tems ultérieurs, font presque les plus nombreufes; mais il n'eft pas befoin de donner des règles pour les diftinguer, BEAUVAIS ayant déjà traité de cette matière-ci. *)

On peut fuppofer, que la fourberie en Médailles remonte jusqu'au célèbre Numismatographe Guillaume du Choul, qui écrivoit il y a plus de deux fiècles, et qui a fait graver, dans fa Differtation: *De la Religion des anciens Romains*, deux Médailles d'Agrippa; l'une en grand bronze avec le Panthéon fur le revers,

---

*) La manière de discerner les Médailles antiques de celles, qui font contrefaites; à Paris 1739 in 4to. Cette Differtation a été ajoutée après cela à fon Traité des Finances et de la fauffe Monnoie des Romains, qu'on a auffi traduit en anglois; mais la meilleure édition, qu'on ait fuivie ici, fe trouve à la fin de fon Hiftoire abrégée des Empereurs etc. par M. BEAUVAIS, à Paris, 1767. (en trois Tomes.) Cet effai étant çà et là imparfait, on s'eft attâché de le corriger. VICO, que BEAUVAIS a copié fans le nommer, eft un écrivain préférable en cette matière-ci, mais il ne s'eft pas étendu fi loin.

vers, l'autre en argent avec Neptune fur fon char, trainé par deux chevaux marins èt avec la Légende: AEQVORIS HIC OMNIPO-TENS. Ces Médailles étoient fans doute toutes les deux fauffes. Antoine LE POIS, vivant au même tems, cite auffi diverfes Médailles indubitablement fauffes, comme p. e. une de Scipion l'Africain, le pont Aelius au revers d'une Médaille d'Hadrien et un Pefennius Niger d'or, qu'on ne counoiffoit pas alors, mais dont on a trouvé depuis une Médaille, qu'on peut voir au Cabinet françois. Ce qui nous fait connoître, qu'à peine a-t-il paru des Curieux, qui repandoient le goût des Médailles, qu'il y eut auffitôt des fourbes, qui ont cherché à les tromper.

On peut partager les Médailles contrefaites en ces fix claffes fuivantes:

1) en celles, qu'on reconnoît pour telles, qui font des imitations faites d'après des antiques, mais qui ont leur prix, par rapport aux Artistes, qui les fabriquoient, comme p. e. celles, qui font connues fous le nom du Padouan.

2) En celles, qui font moulées fur des Médailles artiftement contrefaites.

3) En Médailles moulées fur des moules antiques.

4) En Médailles anciennes refaites, où l'on a changé la Tête et le revers.

5) En celles, auxquelles on a ajoutées des revers nouveaux, ou qui font foudées.

6) En Médailles contrefaites, qui ont des fentes, ou qui fon' fourrées.

En parlant de ces diverfes fortes de Fourberies, je ne ferai rien qu'un extrait de la Differtation de BEAUVAIS fur cette matière peu connue jusqu'à ce tems-là, et un abregé, qui apprendra à mes Lecteurs le plus effentiel.

H

PRE-

PREMIÈRE CLASSE.

Médailles, qu'on réconnoît pour des imitations mo-
dernes, mais qui ont pourtant leur prix à caufe
de l'adroite exécution.

Celles du Padouan obtiennent la première place, à ce que
nous l'avons déja dit ci-deffus, à caufe du travail artificiel, que
nous y trouvons. Il y en a d'autres en fi grand nombre, qu'on
en peut former une fuite complette des Empereurs Romains presqu'en tous métaux et grandeurs, même une Collection nombreu-
fe de Médaillons. Tout en fourmille, furtout en France, où on
abufe de la crédulité des ignorans tellement, que dans les Cabinets, qu'on a dans les Provinces, la plupart des Médailles ont été
reconnues pour des Médailles de cette forte, quand on les a appor-
tées à Paris en vente. Mais un Connoiffeur les peut diftinguer aifément aux marques fuivantes:

1) Elles ne font pas fi épaiffes, que les antiques.

2) Elles ne font ni ufées, ni altérées.

3) Leurs lettres font bien faillantes et modernes.

4) Elles n'ont ou point de vernis, ou il eft faux. On le peut
diftinguer aifément, car il eft noir, gras et luifant *), et outre cela bien mol, quand on le pique d'un burin, comme au contraire
celui, qui eft antique, n'a ancune de ces qualités, mais il eft auffi dur que la Médaille même.

5) Les rebords font limés, comme on peut aifément s'en ap-
percevoir; ou ils font polis avec trop d'art, ou ils portent les
marques d'un petit marteau.   6) El-

*) On leur a donné quelquefois un vernis léger vert, dont elles font presque couvertes
   et machurées comme de taches de fer. Ce vernis eft compofé de fouffre, de vert
   de gris et de vinaigre, et, outre les autres marques, il fe diftingue auffi par les traces
   des poils de la vergette, avec laquelle il y eft appliqué. VICO eft bien expérimenté
   dans le faux vernis. L. I. C. 22.

6) Elles font toujours rondes comme un cercle, figure, que n'ont pas les Médailles antiques, préférablement depuis le tems de Trajan.

Quoique BEAUVAIS ait déjà cité ces six marques, on en peut pourtant mettre quelques unes dans les deux claffes fuivantes, auxquelles j'ai cru devoir en ajouter encore quelques autres.

1) Les Médailles et les Médaillons du Padouan font ordinairement d'un flanc bien moins épais, que les antiques, mais les autres des Artistes moins habiles le font presque toujours.

2) On voit rarement, que les Médailles contrefaites du Padouan foient usées ou rognées, mais les autres le font fréquemment, préférablement fur le revers et à fa Légende, qui paroît quelquefois avoir été minée par le tems, comme on le peut voir fur quelques Médailles contrefaites d'Othon.

3) Les lettres des Médailles, qui font moulées fur les antiques, font auffi peu polies, que celles des véritables antiques.

4) Le vernis faux eft ordinairement d'un verd-gai ou noirâtre, trop, ou trop peu luifant.

5) Les rebords des Médailles contrefaites font fouvent entièrement polis (ce qui n'exige point d'art ou peu) tellement, qu'on ne les peut discerner par là des antiques.

6) Les Médailles contrefaites font fouvent auffi irrégulières, que les véritables, ce qui fe fait en coupant des petites pièces à ces Médailles fauffes, et en s'attachant à imiter parfaitement les antiques d'une autre manière ; mais on en doit excepter celles du Padouan, qui font ordinairement rondes d'après le cercle.

Une grande marque, à laquelle on peut reconnoître les Médailles moulées, c'eft lorsque les lettres ne font pas aiguës jusqu' au fond de la Médaille, mais qu'elles y paroiffent fe fondre, qu'elles n'ont pas le contour ferme, et qu'on ne les voit pas, pour

ainfi

ainfi dire, fortir du champ de la Médaille. Qu'on y ajoute encore, que les petits angles des lettres, la draperie etc. des figures fur les Médailles moulées font ordinairement remplies, et qu'elles n'ont point du tout le délié des antiques; et il y a affez de raifon de tenir une Médaille pour fauffe, fi les figures et les lettres y font émouffées.

Il eft à croire, que presque tous les Médaillons, qui fe préfentent depuis Jules Céfar jusqu'à Hadrien, font fuspects, et il faut les régarder comme des Médailles de cette fabrique. Ceux des quatorze premiers régnes de l'Empire Romain valent un prix extraordinaire, pourvuqu'ils foient véritablement antiques, mais on ne les peut presque trouver nulle part, qu'aux Cabinets des Princes.

C'eft pourquoi il faut remarquer une fois pour toutes, que les lettres font comme la pierre de touche la plus fûre pour les Médailles; car les lettres modernes ont la proportion juste, les antiques au contraire font fouvent informes, p. e. la lettre M a toujours cette forme ΛΙ, elle n'a jamais de traits droits, ce qui fait une marque de distinction infaillible, avec encore peu d'autres petites irrégularités.

Les lettres font ainfi le grand *Criterium* des Médailles, celles fur les modernes étant régulières, celles fur les antiques ne l'étant pas. CELLINI dans fes deux Differtations: *Del Oroficeria, e della Scultura. Fior.* 1568. a remarqué, que nous devons les coins antiques à leurs modéles et au burin, les faux-monnoyeurs modernes au contraire font leurs Médailles à l'aide du cifeau.

Il me faut encore alléguer ce qu'un particulier nous aprend d'après VICO par rapport à la fauffe rouille. Il dit, qu'elle eft verte, noirâtre, rougeâtre ou brune, grife et de la couleur de fer.

On

On faifoit la rouille verte du verd-de-gris; la noire de la fumée du fouffre; la grife de la craye trempée dans l'urine, où on laiffoit tremper la Médaille quelques jours; la rougeâtre reffemble le plus à la naturelle, à caufe d'une forte d'écume, que le feu faifoit fortir des Médailles antiques; mais pour l'ordinaire la fauffe eft trop luifante.

Voici la manière d'effectuer cela. On prend fouvent des Médailles en grand bronze des Ptoleméees, qui font usées; on les rougit au feu, on en approche les Médailles, et de cette façon il y refte une fubtile fuperficie. Vico n'a pas développé la manière de traiter la couleur de fer. Quelquefois, ajoute-t-il, on prend une Médaille antique frufte, on la couvre d'une rouille véritablement antique, et après cela on la refrappe; mais alors la rouille eft trop luifante dans les cavités et trop obtufe fur les rehauffemens. Outre cela on doit remarquer, que la manière d'éprouver les Médailles par la langue n'eft pas à méprifer, car fi elles font modernes, la rouille a le goût amer ou piquant; fi elles font antiques, elle n'en a point.

SECONDE CLASSE.

Médailles moulées fur celles, qui font de coin moderne, par des Fauffaires, qui, manquant d'habileté pour graver un coin, fe bornent à les mouler fur celles du Padouan, ou des autres.

De telles Médailles font quelquefois plus difficiles à diftinguer, que les précédentes, parcequ'en les moulant on leur donne l'épaiffeur qu'on fouhaite, et qu'on remplit de maftic les cavités, que

H 3   le le fable y a laiffées. Outre cela on en retouche les lettres avec le burin, et l'on paffe fur toutes ces fourberies un vernis, qui achève de les masquer. Mais cependant on peut ici appliquer la plupart des règles, qui ont été données à l'occafion des Médailles de la première claffe, excepté que les Médailles de ce genre-ci font plus légères, que celles de la même grandeur, qui font véritablement antiques, par la raifon, que le feu raréfie le métal fondu, au-lieu que celui, qui eft battu, fe condenfe, et devient par conféquent plus pefant.

Les Médailles en or et en argent, foit qu'elles foient moulées fur des modernes ou fur des antiques, montrent, pour ainfi dire, leur turpitude à découvert, parcequ'on ne peut les déguifer, ni avec le maftic, ni avec un vernis fuppofé.

Les indices de la lime fur le rebord font auffi ici une marque fûre de la fauffeté d'une Médaille, de même que dans les Médailles de la première claffe. Mais il faut remarquer, que les rebords limés des Médailles en or et en argent ne font point des indices qu'elles foient fauffes et modernes, fi l'on n'en a pas d'autres. Car nous avons un grand nombre de Médailles d'argent, dont les rebords ont été limés et arrondis au fems des Romains, pour être enfuite enchâffées dans des bagues, autour de certains vafes, ou d'autres chofes femblables, de même que nous le faifons quelquefois de nos Médailles.

C'eft auffi une tromperie bien commune, particulièrement dans cette forte des Médailles contrefaites, lorsqu'on couvre les rebords d'une Médaille fauffe avec de la cire, et qu'on les pique enfuite en plufieurs endroits. Les trous, que la piquure a faits, on les remplit d'eau-forte, qui mange et ruine les rebords de la Médaille autant, et quelquefois mieux, que la dent du tems.

C'eft

C'eſt pourquoi un Curieux doit ſe mettre en garde contre cette fourberie, qu'on ne peut pas aiſément découvrir, et il faut toujours penſer, qu'une Médaille avec des rebords mangés et uſés peut être moderne, et qu'une Médaille limée en or ou en argent peut ſe glorifier d'une antiquité indubitable, quoique **cette apparence la** rende ſuſpecte.

TROISIÈME CLASSE.

Médailles, moulées ſur les Antiques.

On ſe peut ici ſervir des mêmes caractères diſtinctifs, qu'on avoit dans les claſſes précédentes.

BEAUVAIS nous apprend, que des habiles Artiſtes, préférable-ment lorsqu'il s'agit d'imiter des Médailles en or ou en argent, ont ſoin, pour ne pas être trahis par le genre du métal, de choiſir une Médaille commune du même Empereur et d'y appliquer quel-que trait, qui ait quelque rapport à ce Prince. C'eſt ce qu'on a fait p. e. d'une Médaille en argent de Septime Sevère, qui a ſur le revers l'arc de Triomphe, pour laquelle on avoit ſoin de fondre une Médaille commune du même Empereur; et il y en a encore beaucoup d'autres exemples. *)

---

*) Quand on met des Médailles dans le feu, ou ſur un fer rouge, pour leur ôter la rouille, on leur donne par-là l'apparence, comme ſi elles avoient été moulées, car il y a quelques parties au métal, plus molles que les autres, qui coulent; c'eſt pourquoi on corrompt tout-à-fait le champ de la Médaille, en le voulant nettoyer.

QUATRIÉME CLASSE.

Médailles antiques refaites et changées.

Voilà une forte de fourberie, qui peut furprendre le plus
expérimenté, et il faut être très versé dans la mécanique des Médailles, pour ne pas s'y laisser furprendre. On y a employé un art
extraordinaire, au point que le Curieux croit devoir d'autant
moins s'en défier, qu'elles font réellement antiques. La fubtilité
des fourbes italiens fe fit voir de cette manière dans le tems, que
les autres façons d'en impofer étoient devenues trop communes.
On retouche avec le burin les Têtes, les revers et même les Légendes d'une manière furprenante. On traveftit p. e. une Médaille de Claude de la Colonie d'Antioche en Othon; une Fauftine en
Titiane; une Julie de Sevère en Didia Clara; un Macrin en Pescennius Niger; une Orbiana en Annia Fauftina; une Mamée en
Tranquilline; le Philippe le Père en Emilien. Qu'on leur donne
un Marc Aurèle et ils le traveftiffent en Pertinax, en en épaiffif-
fant la barbe et en groffiffant le nez. Brièvement, dès qu'il y a
quelque reffemblance, foit aux Têtes, foit fur les revers, foit aux
Légendes, un tel Artifte fait d'une Médaille commune en produire
une très rare et eftimable.

On peut reconnoître cette fraude par le vernis faux, qui la
couvre quelquefois, mais particulièrement par les lettres de la
Légende, qui ont toujours été changées. Quoique tout cela foit
fait avec un art étonnant, les lettres pourtant y font irrégulières,
ne font pas bien liées enfemble, ni arrangées dans une ligne.

Il y a encore d'autres Médailles, qui appartiennent auffi à cette claffe, à la Tête desquelles on n'a point touché ordinairement,

mais

mais on a creufé le revers, qu'on a rempli d'un maftic de la couleur, que le tems a donnée à la Médaille, et qui s'y trouve déjà. Une telle Médaille a été faite ordinairement avec tant de fubtilité, et on y a placé une Légende, que l'artifte n'ignoroit pas être rare, et devoir produire un grand prix.

Il y en a d'autres, qui ne font refaites, qu'en peu de chofes, mais qui diminuent cependant par cet effet le prix de la Médaille.

Le Curieux doit donc examiner rigoureufement une Médaille à caufe de cette adreffe fourbe, et avoir recours à l'examen et à l'opinion des habiles Antiquaires, pour apprendre d'eux, comment une Médaille a été changée, et fous quelle forme elle eft fortie de la Monnoie.

CINQUIÈME CLASSE.

Des Médailles martelées et foudées.

Le premier article de cette claffe traite de ces Médailles, où l'on a ôté avec la lime les revers réels tout-à-fait, et où l'on en a appliqué d'autres par la compreffion de la couleur et par un marteau; ce qui fe fait en pofant le côté de la Tête, auquel on ne touche point, fur plufieurs cartons; on y met enfuite la couleur et on lui en fait prendre l'empreinte à coups de marteau.

Ces fortes de Médailles indiquent ordinairement leur fauffeté par elles mêmes, parcequ'on doit favoir, que les inventions et les Légendes font d'un genre, qui ne fe trouve point fur des Médailles, qui font réellement antiques, p. e. PONTEM AELIUM fur une Médaille d'Hadrien, EXPEDITIO IUDAICA fur une Médaille du même Empereur.

I   Outre

Outre cela la différence de la fabrique de la Tête antique à celle du revers moderne eſt une autre marque infaillible dans un plus haut ou plus bas dégré. Un coup d'oeil d'un Curieux, qui n'eſt que peu experimenté en cela, la découvre à la ſeule inſpection.

Les Médailles ſoudées font deux demi-Médailles, compoſées de deux Médailles ſciées, qu'on a ſoudées enſemble. Cette fourberie eſt très commune dans les Médailles en bronze et en argent. Par exemple, on prend une Médaille d'Antonin, on en ſcie le revers, et on l'applique à l'aide de la ſoude à la Tête d'une Médaille de Fauſtine. Un fourbe peut effectuer par là, que chaque Médaille lui produiſe à ſon gré un prix cent fois plus haut que celui de toutes les deux, dont elle a été compoſée.

Si c'eſt une Médaille en bronze, qu'on veut préparer de cette façon, on a ſoin de choiſir deux Médailles d'un cuivre de la même couleur; mais il y en a cependant qui prétendent, qu'on ſoude quelquefois enſemble du bronze et du laiton, mais cela démasqueroit la fraude tout d'un coup.

Les Médailles, qui ont une Tête de tous les deux côtés, et qui ſont en général bien eſtimables, ſont les plus expoſées au ſoupçon de cette fourberie.

La marque, à laquelle une Médaille ſoudée ſe reconnoît, frappe un oeil clair-voyant, qui la diſtingue par le filet, qui regne tout à l'entour du rebord, et quand on la pique avec un burin, tout le travail tombe en deux moitiés.

On a auſſi joint de cette manière des revers à des Têtes, qu'on ne trouve jamais réunies dans des Médailles véritables. Le Père Jobert parle d'une Médaille de l'Empereur Domitien avec l'Amphithéâtre, qui eſt le revers emprunté d'une Médaille de Titus, qu'on qu'on y a foudé, et de nos jours il s'en préfente beaucoup d'autres du même genre.

Le temple de Janus fur des Médailles de Néron nous donne un exemple d'un autre genre. C'eft à dire, on a pris quelquefois un revers d'une Médaille en moyen bronze, et on l'a enchaffé dans un creux fait au revers d'une Médaille en grand bronze du même Empereur.

Il eft encore à remarquer, qu'il y a quelques revers fur des Médailles du Bas-Empire, qui ont fi peu de rapport à leur Tête, qu'ils excitent en nous un faux foupçon de tromperie. Ils font très fréquens, particulièrement après le tems de Gallienus, lorsque, nombre de Tyrans ne faifant pour la plupart que fparoître et disparoître fur la fcène, il étoit bien difficile d'attraper leurs mines, pour les graver fur des Médailles. Les Monnoyeurs avoient à peine le tems de faire graver un fimple coin, encore moins étoient-ils à portée d'en faire un, qui atteftât un monument flatteur, propre à chacun d'eux. De là vient le PACATOR OR-BIS fur le revers d'une Médaille de Marius, qui n'a regné que trois jours, et nombre d'autres, qu'on doit attribuer feulement aux Monnoyeurs, car ils fe fervoient des revers des Médailles des Empereurs précédens, dont le regne avoit duré affez long tems, pour qu'on pût avoir le tems de graver un revers à l'ufage de leurs Médailles, quoique ces Empereurs fe fuccédaffent l'un à l'autre en très pèu de tems. — —

SIXIÈ-

SIXIÈME CLASSE.

*Médailles contrefaites, qui ont des fentes, ou qui
font fourrées.*

Il y a beaucoup de Médailles antiques, qui ont des fentes,
qu'on doit attribuer à la manière de ce tems-là, de les battre à
coups réitérés de marteau.

Comme on confidéroit ces fentes comme des marques infaillibles d'antiquité, cela a donné lieu aux Fauffaires de les imiter,
pour en impofer aux Curieux. On s'eft donc avifé de limer dans
le rebord de la Médaille une fente, qui reffembloit à une fente
fortuite, autant que poffible.

Mais on peut aifément difcerner une telle fente fortuite d'une
fente contrefaite; car celle-ci eft large dans fon commencement,
elle s'étend dans une ligne droite, et elle finit à un certain point;
la fente fortuite au-contraire aux Médailles antiques eft ferpentan-
te, et va toujours en finiffant par de certains filamens impercepti-
bles. Outre cela les deux flancs d'une fente antique ont une proportion par rapport à la crevaffe vifible de tous les deux côtés; et
à l'étendue, qu'on ne fauroit imiter avec la lime, tellement, qu'il
n'eft aucunement difficile de les diftinguer, car fi l'on s'eft avifé
de contrefaire les petits filamens d'une fente réelle, une petite aiguille eft fuffifante, pour reconnoître fa profondeur et fa vérité.

On a cru, qu'il n'étoit pas poffible de contrefaire de notre
tems des Médailles fourrées, qui font fuppofées avoir été contrefaites dans des tems antiques, jufqu'à ce que quelques fourbes ju-
dicieux inventèrent de percer des Médailles d'argent fauffes avec
une

une aiguille de fer rougie, dont le feu noircit la Médaille en de-
dans; c'eſt pourquoi un oeil peu expérimenté la prend pour une
Médaille fourrée. Mais on peut aiſément découvrir cette fourberie, en raclant un peu le rebord de la Médaille.

Avant de finir cette partie de ma Diſſertation, il me faut encore remarquer, que les tromperies ſont presque auſſi nombreu-
ſes parmi les Médailles modernes, que parmi les antiques. — —
Mais c'eſt quelque choſe d'abominable, vu particulièrement la
modicité du gain, qu'il ſe trouve des hommes, qui ne rougiſſent
pas de confondre par une fourberie de cette nature toutes les voies,
qui mènent à une ſcience. Une telle ſupercherie eſt peut-être ex-
cuſable dans des Médailles antiques, où une grande habileté eſt
requiſe, et l'Artiſte, par une excuſe ſpécieuſe, peut alléguer, qu'il
n'a pas eu l'intention d'en impoſer à quelqu'un, mais de faire tout
ſon poſſible, pour tenter d'égaler un Artiſte ancien. Mais comment défendre celui, qui contrefait des Médailles des tems modernes précédens, qui ne demandent guères d'adreſſe. Ce crime
de faux dans la contrefaction des Médailles des tems modernes
précédens eſt encore plus condamnable, que celui qui mène le
faux-monnoyeur ordinaire à la potence, car la fourberie du premier eſt plus aiſée à exercer, et le gain, qui eſt ſans aucune com-
paraiſon plus grand, eſt plus injuſte.

Il eſt bien difficile à reconnoître des fourberies aux Médailles,
qui ne ſont pas artiſtement faites, et qui ne ſont pas moulées. En
cas, que ce ſoit quelque choſe d'important, celui, qui en achè-
te, doit conſulter un Connoiſſeur experimenté.

Finiſſons cette ſection en obſervant, que les règles préſcrites
par Mr. BEAUVAIS, quoique bien juſtes, n'auront pourtant guè-

I 3

res

res d'utilité fans une connoiffance pratique et réelle des Médailles, qu'on ne peut acquerir autrement, qu'en voyant beaucoup de Médailles, et en comparant les fauffes avec celles, qui font réellement antiques. C'eft pourquoi on ne peut trop recommander aux curieux novices, qui fouhaitent en acquérir une connoiffance, de fréquenter les ventes publiques, et de voir tous les Cabinets, où fe préfente l'occafion de confidérer toutes les Médailles d'un oeil fcrupuleux, et qui ne paffe pas les moindres fautes. Voici la vraie manière, d'acquérir ce tact jufte, qui nous rend habiles à difcerner au premier coup d'oeil une fourberie, même la plus ingénieufe. Une telle connoiffance des Médailles ne nous laiffe point d'incertitude, car aucune fcience n'eft plus certaine et plus fûre, que celle, qu'on acquiert par l'examen des objets mêmes. Celui qui, en recueillant des Médailles, ne fe confie qu'à la lecture théorique des livres numismatiques, s'expofe à fe tromper fouvent pitoyablement. Il faudroit auparavant étudier la fcience des Médailles fur les Médailles mêmes; il n'eft pas de méthode plus fûre.

On ne doit pas regarder comme étonnant, ni l'attribuer à opiniâtreté, fi un curieux favant et expérimenté juge au premier coup d'oeil de la vérité ou de la fauffeté d'une Médaille; car la force de l'oeil humain a quelque chofe de furprenant, lorfqu'elle eft appliquée à quelque genre de fciences que ce foit. D'où il arrive, qu'un Etudiant reconnoît fon livre, et le fait difcerner parmi un millier d'autres, qui lui reffemblent, et il en eft de même des yeux de tout autre. Un berger reconnoît à la laine chaque belier et chaque brebis, et il les fait difcerner exactement, quoique tout autre les voye reffemblans. Un navigateur peut à une diftance éloignée diftinguer, de quel pays eft un vaiffeau. Un ami peut

recon-

reconnoître fon ami, d'une extrêmité de la rue à l'autre, dans une foule de monde, tandisqu'un autre fpectateur indifférent ne voit en lui aucune marque diftinctive; et par ce même effet un Connoiffeur de Médailles peut dire au premier coup d'œil: Voici une Médaille fauffe, voilà une Médaille réellement antique, quoiqu'un autre n'y puiffe trouver une diftinction appercevable.

INSTRUCTION
pour former des Cabinets.

On peut divifer les Cabinets de Médailles particuliérement en trois claffes.

I. En ceux, qui font grands et complets, qui contiennent, on les fuites des Médailles de tous les tems et de tous les pays, ou qui en ont la réputation.

Cela exige des dépenfes presque immenfes, à ce qu'on peut aifément comprendre, et qui ne conviennent proprement qu'à des Princes. La France a en ce genre le plus grand Cabinet, qui puiffe exifter, et, à ce qu'on a fupputé, il coûte, depuis fon premier établiffement, jusqu'à ce tems, où il a atteint un dégré de perfection, qui ne pourra plus guères être augmentée, presque cent mille livres-Sterlings. Le Cabinet de Mr. HUNTER, qui eft peut-être un des meilleurs Cabinets d'un particulier, coûte à peu près vingt-un-mille livres-Sterlings. *)

II. Les

*) Il a coûté proprement vingt-trois-mille livres-Sterlings, mais on en a vendu des doublettes pour deux mille livres-Sterlings.

II. Les Cabinets fe divifent encore en plus petits Cabinets, où le curieux ne fe borne, qu'aux quatre ou cinq fuites (p. e. aux Médailles antiques romaines en moyen et petit bronze et à quelques efpèces de fa patrie) confidérant toutes les autres Médailles comme étant hors des limites de fa Collection, quoiqu'il en puiffe auffi acheter quelques autres hétérogènes, qui appartiennent proprement aux autres genres de Cabinets, pour donner au fien plus de variété. Une telle Collection exige à peu près une dépenfe de deux cens, trois cens, et peut-être de mille livres-Sterlings.

III. Les plus petites Collections enfin, qu'on ne peut pas nommer des Cabinets, mais plutôt des Caiffes, font toutes celles, qui ne contiennent qu'à peu près cent jufqu'à mille ou deux mille pièces. On ne fauroit former dans une telle Collection plus d'une ou de deux fuites; mais un Curieux, qui fe fait un plaifir à ramaffer des pièces mélées d'une forte, foit par inclination pour les chofes rares, foit par d'autres raifons, cherchera à s'en procurer. C'eft pourquoi la dépenfe et les frais dépendent ici tout-à-fait du plaifir ou de l'inclination du poffeffeur.

Pour commencer par un Cabinet grand et complet, il nous faut remarquer, que, la divifion des Médailles antiques, qui font bien différentes des modernes, étant très étendue, les Médailles grecques de toute forte ne peuvent jamais être arrangées felon leur métaux ou grandeurs, comme les Romaines; car on ne fauroit trouver toutes les fuites du même métal ou de la même grandeur dans ce genre de Médailles, même dans les plus riches Cabinets. On range pour cet effet les Médailles des villes par ordre alphabétique, et celles des Régens ou Princes par ordre chronologique. C'eft la même règle, qu'il faut obferver dans l'arrangement des

Médail-

Médailles romaines consulaires, qu'on met auffi par ordre alphabétique, de même que les Médailles des villes grecques.

Les fuites des anciens Empereurs romains font les feules Médailles antiques, qu'on peut arranger felon leurs grandeurs et métaux différens, fi l'on en excepte les *nummos minimi moduli*, ou les plus petites, qui font rares dans un fi haut dégré, qu'il n'y a qu'une feule Collection de ce genre au monde, appartenante au Roi d'Espagne, qui a été formée par un François, Connoiffeur très experimenté, et qui contient des Médailles de tous métaux.

Après ces remarques nous ajouterons et déterminerons en particulier les divifions d'un Cabinet grand et complet, qui peut f'arranger felon l'ordre fuivant dans la partie, qui concerne les Médailles antiques.

1) Médailles des Villes et des Républiques par ordre alphabétique, foit qu'elles foient avec des Légendes grecques, romaines, puniques, étrusques ou espagnoles.

2) Médailles des Rois par ordre chronologique, eu égard à la fondation de l'Empire, et aux années de leur gouvernement.

3) Des héros, des héroïnes, des fondateurs des Empires ou des villes.

4) D'autres hommes et femmes illuftres.

5) Les Affes Romains.

6) Médailles Romaines, nommées ordinairement Confulaires.

7) Médaillons des Empereurs.

8) Médailles Impériales en or.

9) — — — — du plus petit volume en tous métaux.

10) — — — — en argent.

K

11) Mé-

11) Médailles Impériales en grand bronze.

12) — — — — en moyen bronze.

13) — — — — en petit bronze.

14) — — des Colonies, qui font toutes en bronze.

15) — — des villes grecques fous les Empereurs de tous métaux et de toutes grandeurs. Dans une petite Collection on les peut placer parmi les romaines, folon leurs métaux et grandeurs. Les Médailles fans le portrait de l'Empereur appartiennent à la première claffe, quoiqu'elles foient battues aux tems des Romains.

16) Médailles Égyptiennes, battues fous les Empereurs Romains, felon tous métaux et toutes grandeurs. Elles font la plupart d'un aloy mince, qui fe nomme parmi les Auteurs françois Potin, et qui eft un genre d'Effondrilles de cuivre aigre.

17) Médailles *Contorniati*, ou Médailles, qui tenoient lieu de Marques ou de Billets.

18) Médailles des Princes gothiques etc. avec des Légendes Romaines.

19) Médailles des Nations méridionales, qui fe fervent des caractères ufités, p. e. des lettres perfes, puniques, étrusques et espagnoles.

20) Médailles des Nations feptentrionales, qui fe fervent des lettres runiques (runes) et germaniques.

Dans la moderne partie du Cabinet, on n'y peut établir aucunes fuites des Médailles en bronze, plus de deux cens ans à reculons, mais on y peut mettre des fuites en or et en argent de tous les Empires, Royaumes et d'autres pays, pourvuque les coins différens le permettent. Les fuites des Médailles de la patrie devroient

vroient être les plus parfaites. On range ordinairement les Médailles modernes en argent en trois fuites, c. a. d. d'après la grandeur d'un écu en espèce, d'après celles qui en a la moitié, et en
les plus petites. Les Médailles modernes de chaque pays devroient
être arrangées felon leurs cours refpectifs fans aucun égard à leur
grandeur ou à leur métal. On peut ici encore remarquer, que
nos Médailles modernes de la grandeur d'une Taffe à Thé ne font
rien qu'autant de monumens de barbarie. Les Médaillons antiques en général ne font pas plus grands, que nos écus en espèce,
quoiqu'il y en ait trois ou quatre, qui ayent à peu près deux pouces en diamètre, mais plufieurs modernes de notre pays ont quatre ou plufieurs pouces. Une Médaille trop grande fait voir un
Prince, ou un Artifte ignorant. Les Anciens repréfentoient fur
la fuperficie d'une Médaille, qui n'avoit que la grandeur d'un écu
en espèce plus de chofes merveilleufes, que ne le font celles, que
nous voyons fur ces pièces monftrueufes. ZEUXIS dit à un de
fes écoliers, qui avoit prodigué des couleurs vives fur un deffin
chétif: ,,Si tu ne l'as pas fait beau, tu l'as pourtant fait marqueté.``
On pourroit presque dire la même chofe à l'Artifte, qui aime le
monftrueux, avec cette addition, qu'il faudroit une balance pour
mieux déterminer le prix de fes ouvrages.

C'eft l'arrangement d'un Cabinet de la feconde claffe, qui exige à préfent tout de fuite notre attention, auquel on peut en quelque manière appliquer l'arrangement du précédent. Mais pour la
formation d'un petit Cabinet, contenant en foi peu de fuites complettes, ni des Médailles antiques, ni des modernes, il eft bon
de donner ici quelques inftructions.

Si un curieux, par exemple, veut former une fuite des Médailles Romaines en grand bronze, il y en aura quelques unes de

K 2   quatre

quatre ou cinq Empereurs, qu'il trouvera si rarement, qu'elles
manqueront à sa suite, quelque prix qu'il soit disposé à en donner.
C'est pourquoi il faudra mettre à leurs places des Médailles en
moyen bronze, ce qu'on approuve dans les meilleurs Cabinets
par rapport à l'Othon, n'y ayant à peu près que trois Médailles de
cet Empereur en grand bronze, qui soient connues jusqu'à pre-
sent, comme au contraire il y en a peut-être plus de deux ou trois
cens en moyen bronze. Si l'on peut approuver cela dans un cas,
pourquoi ne le pas approuver aussi dans un autre? Pourquoi ne
pas remplacer un Tibère ou Pertinax en moyen bronze, comme
on fait d'Othon? Je l'avoue ouvertement, je ne saurois trouver
une seule raison, pour laquelle un Curieux dût faire une dépense
si peu nécessaire, et qui pourroit s'appliquer à des choses plus importantes par rapport à son Cabinet, si non que ce fût pour un
complément imaginaire, qui ne peut être jugé nécessaire qu'aux
yeux d'un rêve-creux.

Cette pensée nous paroîtra encore plus juste, si nous consi-
dérons, que ce n'est pas la seule grandeur d'une Médaille, qui décide de son prix, même aux yeux des Curieux les plus ineptes,
mais le revers, qui s'y trouve. On peut tirer de là cette conclu-
sion, qu'un Médailliste, qui a un Cabinet de la seconde classe, doit,
lorsqu'il lui paroît convenable, confondre quelquefois le grand et
le moyen bronze, de même que le moyen et le petit; mais on
n'assortit pas bien ensemble des grandeurs aussi inégales, que la
plus grande et la plus petite. Cependant il n'est pas inconvenable
de mélanger, dans les suites de la plus petite grandeur, les Médailles en or, en argent et en bronze, en cas que quelqu'un ait en-
vie de se procurer des Médailles en plusieurs métaux.

Mais

Mais fi un Curieux opiniâtre et pédantesque répugne à un tel arrangement, parcequ'il contredit l'ordre, qu'il s'eſt propoſé, et ſa manière de penſer bornée, le ſens commun nous privilégie de rire d'un tel fou, et de reconnoître une telle ſuite pour plus changeante, plus riche et plus amuſante, que ſi l'on ne met enſemble que des Médailles du même métal, et qu'on rejette un objet ſi remarquable ſans aucune autre raiſon, que parcequ'on ne ramaſſe pas des Médailles ni en or, ni en argent.

Quoique le pédantiſme ſoit mépriſé de nos jours, comme il le mérite, en pluſieurs ſciences, il regne cependant encore à un très haut degré dans la ſcience numismatique. Il eſt encore plus ſurprenant de voir, que de tels pédants ſoient eux mêmes les légiſlateurs de leurs loix ſimples; car, ſi l'on en excepte à peu près une demi-douzaine d'exemples, on trouve, que la plupart des livres, qui traitent cette matière-ci, ont été ordinairement écrits par des hommes, qui ſe ſont presque tout-à-fait abîmés dans le pédantiſme de l'érudition numismatique.

L'on peut auſſi convenablement, dans la partie moderne d'un petit Cabinet, mettre une Médaille, qui eſt ou à meilleur marché, ou mieux conſervée, quoiqu'elle ait un autre nom, ou qu'elle ſoit un peu plus grande, au lieu d'une autre, qui a un trop grand prix, ou qui eſt mal conſervée. Enfin, le Curieux n'a point d'autres règles à ſuivre, que de mettre les Médailles grecques des Villes et les Conſulaires Romaines en ordre alphabétique, les autres en ordre chronologique.

On ne ſauroit donner aux Curieux une inſtruction par rapport au choix d'une petite Collection de Médailles, la fantaiſie de chacun étant la ſeule loi. Mais on peut en général ſe regler d'a-

près

près les remarques, que nous avons faites ci-deſſus à l'occaſion de l'arrangement de deux ſortes des plus grands Cabinets.

De la valeur et du prix des Médailles antiques de nos jours.

Le prix, qu'on paye pour les Médailles, varie un peu', et dépend ordinairement du goût, qui regne plus ou moins en quelques tems, ou de quelques autres raiſons. Mais cependant les prix d'à préſent ſont en général, peu exceptés, reſtés fixes depuis cent et pluſieurs années, et on les peut à cet effet conſidérer comme permanens. Ils ſont auſſi univerſellement portés aſſez haut, et en cas, qu'un changement ait lieu en cela, il ne peut être qu'à l'avantage des Curieux.

On peut trouver des Médailles en vente dans les atteliers des orfèvres et des ouvriers en métaux, chez les marchands de raretés etc. et dans les grandes villes chez les propres marchands numismatiques. Mais la meilleure occaſion de s'en procurer c'eſt la vente publique des Cabinets entiers, dont il y en a qui ſe font à Londres deux ou trois fois par an. On y vend ſéparément les Médailles rares, mais celles, qui ſe préſentent fréquemment, ne s'achetent en grandes parties que par ceux, qui en ſont commerce.

Mais il vaudroit mieux, vendre les Médailles pièce par pièce, comme les livres; coutume dont l'acheteur et le vendeur tireroient un plus grand profit. Beaucoup de perſonnes n'ont peut être beſoin que d'une ou de deux Médailles parmi une quantité entière, c'eſt pourquoi un tel grand nombre peut avoir moins de valeur pour lui, que le prix de la ſeule Médaille, dont il a beſoin; et on pourroit quelquefois vendre les Médailles quatre fois

auſſi

auffi chères, que fi on les vendoit en gros. Mais les Marchands
de Médailles faifant ordinairement le Catalogue pour les ventes
publiques, il n'eft pas étonnant, qu'ils y fuivent un plan, dont
ils tirent un profit aux dépens des autres.*)

Les Médailles en or des villes grecques font ordinairement
très petites, et on n'en a guères trouvé plus d'une douzaine en ce
métal. Celles de Carthage, de Cyrène et de Syracufe font un peu
communes, et ne valent que le double du prix du métal. Les
autres Médailles des villes grecques en or coûtent de cinq jusqu'à
trente livres-Sterlings. Le Roi, qui a à peu près quatre cens Médailles en or s'en eft procuré dernierement deux en or, d'Athènes
(χρύσα) qu'on avoit ignorées auparavant, car celle, qui fe trouve
au Mufeum eft fufpecte. La reine en a reçu une pour le Dr. Hunter, et ce font les feules Médailles connues d'Athènes. Si celle
de M. Hunter devoit être vendue, elle vaudroit le plus grand
prix, qu'on puiffe payer pour une Médaille.

Il y a quelques Médailles des villes grecques en argent, qui
font extrêmement rares. On paye pour quelques unes des communes à proportion de leur grandeur; car les plus grandes font ordinairement les plus rares. Celles de Syracufe, de Dyrrachium,
(Durazzo,) de Marfeille, d'Athènes et de quelques autres Etats
font communes. Les Drachmes et celles, qui font encore plus
petites,

---

*) Si un homme de bon fens et d'une probité éprouvée fe vouloit charger à Londres d'un
commerce, pour vendre des Médailles, il pourroit faire la fortune en peu de tems.
Ce commerce bien profitable eft à prefent entre les mains de deux ou trois hommes, qui
nuifent à leur propre interêt, en fubtilifant fur la fourberie et la fupercherie. Quand
ils fe font procuré trois cens Médailles pour dix Schelings, ils vendent les plus fru-
ftes, trois Schelings par pièce, et ils en impofent auffi aux ignorans, en leur ven-
dant des Médailles fauffes pour antiques. Il y a beaucoup d'hommes fimples, qui
fe plaignent de n'avoir point d'occupations, et un fourbe eft toujours téméraire et
heureux dans fes entreprifes.

petites; coutent à peu près cinq Schelings par pièce; les pièces de
deux ou trois Drachmes cinq jusqu'à dix Schelings, à proportion
qu'elles font belles et bien confervées. Les tétradrachmes, qui
font les plus chères, font payées ordinairement pour fept fchelings fix *penny* jusqu'à un livre-Sterling et un fchelin, à condition
qu'elles foient des villes, dont les Médailles font communes, car
il eft impoffible de fixer un prix pour les Médailles de villes grecques en argent. On a donné dix Guinées pour une feule, et quand
il y en a plus, qui la recherchent, le prix en peut monter trois
fois auffi haut.

Quelques Médailles des villes grecques en bronze ne font pas
rares. Elles font presque toutes de la grandeur, qu'on nomme
petit bronze dans la fuite des Empereurs romains. Celles de moyen
bronze font rares. Les plus grandes, qui furpaffent encore en
grandeur les Médailles des Empereurs romains en bronze, font
extrêmement rares. On paye pour les Médailles ordinaires, (qui
fe préfentent fréquemment,) des villes grecques en petit bronze,
trois *penny* jusqu'à un fcheling et fix penny par pièce, fuivant le
dégré de leur confervation. Il y a plufieurs Médailles des villes
grecques, qui valent encore beaucoup plus, quoiqu'elles ne foient
que de bronze, parcequ'on n'en connoit qu'une ou deux.

Il faut remarquer en général dans les Médailles des villes grecques, qu'on ne doit pas regarder comme incomplette une Collection, où il manque quelques Médailles de cette forte, car on en
découvre encore à préfent à différentes périodes de nouvelles, tellement, qu'on ne peut rien avoir de parfait. Outre cela on doit
ajouter, qu'on n'a pas été jusqu'à préfent affez attentif à la rareté des Médailles des villes grecques.

On

On trouve parmi les Médailles en or des Princes grecs auſſi des demi-drachmes et quart de drachmes, de même que des Villes. Mais cependant les Didrachmes ſont les plus communes dans ce métal. C'eſt pourquoi celles de Philippe de Macedoine et d'Aléxandre le grand ne valent ordinairement, outre leur prix intrinſèque, que cinq juſqu'à dix ſchelings. Mais celles des autres Princes ſont rares, et on en paye par pièce trois juſqu'à trente livres ſterlings et ſouvent encore un plus grand prix.

Les Tétradrachmes (en argent) des Monarchies avec des Légendes grecques, qui ſont les plus chères, ſe vendent cinq juſqu'à cinquante ſchelings, et il y en a même quelques unes de très rares, qui ſe vendent par trois juſqu'à trente livres ſterlings. Les Drachmes ne valent que la moitié de ce prix, et les autres ainſi dans cette proportion.

Les Médailles en bronze des Rois grecs ſont la plupart plus communes, que celles en argent, excepté les Syriennes, qui ſont communes, et elles ſont, de même que celles des Villes, preſque toutes de la grandeur, qu'on nomme petit bronze. Elles devroient être proprement plus chères, mais le métal et la reſſemblance avec des Médailles des villes en bronze, qui ſont communes, les a conſervées juſqu'à preſent dans un prix médiocre, ſi non que le vendeur en ſoit mieux inſtruit, et que l'acheteur ait aſſez de richeſſes et de bonne volonté de payer pour elles un prix, comme pour des Médailles rares.

On trouvera les Médailles grecques battues ſous les Empereurs Romains, et qui ſont bien eſtimées parmi les Médailles des Empereurs à l'appendice. Vu le prix fixé des Médailles Romaines, je ne ſaurois en outre ajouter que bien peu, pour les expliquer. Mais cependant il faut encore en conſidérer quelques unes, qui n'appartiennent pas à ce plan.

Les

Les Affes antiques romains, avec leurs parties différentes, et qu'on a nommés par ignorance des *poids* (pondera) valent, à proportion de la fingularité de ce qui s'y trouve, deux escalins jusqu'à deux livres-fterlings. Le nom de *poids*, qu'on donne aux plus grandes Médailles romaines en bronze, provient d'une ignorance extraordinaire. On trouve quelquefois des poids romains en plomb, quelquefois en bronze; mais ils n'ont rien que des points fur un des côtés, et font garnis à l'entour de fleurettes, marquant leur rapport au poids de la livre, mais fans avoir aucune marque de portrait ou de Légende. Ils ont encore moins un revers, car l'autre côté eft tout uni et vuide, fans aucune Légende, tellement, qu'ils ne pouvoient avoir été deftinés que pour la balance. Outre cela, qui eft-ce qui a entendu parler de poids, qui étoient fortis de la Monnoie, ou qui avoient été ronds, comme plufieurs Affes antiques? Mais cette folie eft encore plus grande, quand on confidère les grandes Médailles en bronze d'un ou de deux rois d'Egypte, Ptolemées, comme quelque chofe de reffemblant aux Affes romains. Il me femble, que plufieurs Médailliftes n'ont pas pris en confidération, d'après l'avis de Polybe, qu'un Obole grec fît en valeur deux Affes romains, et que, quand il étoit de cuivre, il dût pefer dans les derniers tems à peu près deux onces, dans les plus anciens tems une livre jusqu'à une livre et demie. En un mot, quand une pièce de métal antique eft fignée fur tous les deux côtés, foit par des têtes, foit par d'autres figures, on peut accepter comme une règle fûre, que c'eft une Médaille; mais quand il ne s'y trouve que des marques, qui ont rapport aux proportions des poids, avec de chétifs ornemens, en ce cas, et en ce cas feul, il faut les confidérer comme *poids*.

Les Médailles Confulaires en or valent une livre jusqu'à cinq livres. Celles de Pompeius avec fes deux fils, vingt une livres

et

et celles des deux Brutus vingt-cinq livres-fterlings. Pour celles
en argent, on en paye un fchelin jusqu'à deux fchelins et fix penny, excepté celle avec le bonnet de la liberté, avec les deux poignards et cette Légende: EID. MART. comme encore peu d'autres, qui valent de fix fchelins jusqu'à cinq livres-fterlings, quand
elles font réellement antiques. Les Médailles confulaires en bronze font plus rares, que celles en argent, mais elles font égales
dans les prix. Les Médailles confulaires en argent, que Trajan a
fait battre dérechef, fe payent une livre-fterling par pièce.

Par rapport aux Médailles Romaines Impériales, il faut remarquer en général, que dans la grande quantité de Médailles, qu'on
a de quelques Empereurs, il en eft, qui font bien eftimables par
leur revers, qui n'eft pas commun, et qui pour cet effet valent un
haut prix. Par exemple, par cette hauffe de prix une Médaille
d'Augufte peut valoir de quatre fchelings et fix penny jusqu'à une
livre-fterling, onze fchelings et fix penny, comme au contraire
la pièce de celles, qui font communes dans ce métal, n'eft pas
taxée ordinairement plus d'un fcheling. On paye même trois livres-fterlings et trois fchelings pour celle avec la Légende C. MA-
RIVS TROGVS. Même le prix des Médailles communes en or ne
paffe pas une livre, comme au contraire celui des Médailles avec
les Légendes: BASILIA VLPIA, FORVM TRAIANI, DIVI NER-
VA ET TRAIANVS PATER, DIVI NERVA ET PLOTINA AVG.
PROFECTIO AVG; REGNA ASSIGNATA, REX PARTHUS et
de quelques autres monte de trois jusqu'à fix livres-fterlings.*)

Les Médailles, dont on s'eft fervi comme de billets ou marques, appartiennent auffi à la fuite romaine, et valent trois jusqu'à dix escalings. **)

Parmi

---

*) BEAUVAIS Hiftoire abrégée etc.

**) Les Médailles contrefaites et Médaillons de Padoue fe vendent ordinairement un juf-
qu'à trois fchelins par pièce.

Parmi les Médailles des autres Nations anciennes, celles du
Roi des Vandales, Hilderich, en argent, valent dix Schelins; celles d'Athalarich, qui ne se présentent qu'en petit bronze, cinq
schelins; de Théodoric en or deux Livres-sterlings, de Théodahatus
en moyen bronze cinq schelings, de Baduéle de la même grandeur est
rare et coute dix schelings, de la troisième grandeur trois schelins.
Les Médailles britanniques sont très rares et valent par pièce de
dix schelins jusqu'à deux Livres-sterlings et deux schelins, et
quelquefois encore plus.

Les Médailles avec des caractères inconnus sont rares et chères, à ce qu'on se le peut imaginer.

Pour s'instruire encore plus sur cet objet, nous renvoyons le
lecteur à l'appendice. Les Catalogues des Médailles, où les prix
sont marqués en même tems, et l'attention dans une ou plusieurs
ventes publiques, pourront être bien instructifs à chacun dans
cette branche des sciences.

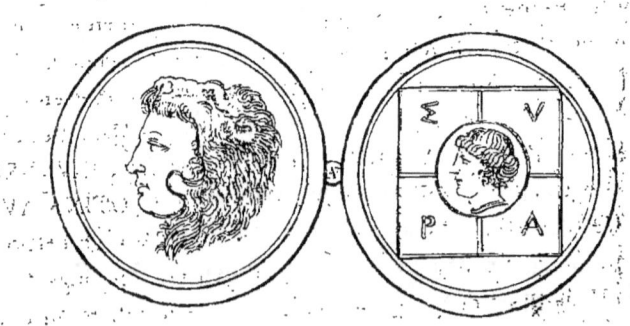

Nó. I.

Fautes à corriger.

Page 14. ligne dernière *de communes*, lifez: *des communes.*
— 25 — 20. lifez: Ptolémaïs.
— — — 23. — Babylone.
— 26 — 19. — Babylone.
— 28 — 12. — cinq-cent-foixante-dix.
— 29 — dernière, lifez: témoignage
— 32 — 12. lifez: quatre cents.
— 36 — 17 et 18. lifez: *cent* au lieu de cens.
— 43 — 6. gaeques, lifez: grecques.
— — — 23. dimunitif, lifez: diminutif.
— 44 — 5. reduifit, lifez: réduifit.
— — — 6. des celles de tems, lifez: de celles des tems.
— — — — préfente, lifez: préfente.
— — — 9. coté, lifez: côté.
— 45 — 21. trois-cens-foixante, lifez: trois-cent-foixante.
— 50 — 18. cinq-cens-quarante, lifez: cinq-cent-quarante.
— 52 — 22. l'aigle romain, lifez: l'aigle romaine.
— 54 — 19. ont été publiés, lifez: ayent été publiés.
— — — 23. Médailles originelles, lifez: Médailles originales.
— 57 — 7. Pefennius, lifez: Pescennius.
— — — 10. qui repandoient, lifez: qui répandiffent.

JOANNIS PINKERTONII

NOTITIA

RARITATIS NUMISMATUM

POPULORUM VETERUM

GRAECORUM, LATINORUM ET ALIORUM, VA-
RIIS IN REGNIS CIVITATIBUSQUE
CUSORUM.

Alphabetico ordine confcripta et aucta.

COMPENDIA SCRIBENDI.

R. fignificat numum rarum.

Rr. — — — — rariorem.

Rrr. — — — — rariffimum.

Rrrr. — — — — fere vnicum.

v.c. — — — — vulgarem, vel communem.

v.v. — — — — valde vulgarem.

AV. — — — — aureum.

Ar. 1. — — — — argenteum, magnitudine numorum æneorum Rom. prima
magnitudinis, quales non nifi in Rhodiorum et Syracu
fanorum numismatibus inueniuntur.

Ar. 2. — — — — argenteum a Drachma vsque ad Tetradrachmam.

Ar. 3. — — — — argenteum Drachma minorem, vt Tetrobolon, Hemiobolion
Obolum, Diobolion, Triobolon vel Hemidrachmam, e
Drachmam.

Æ 1. 2. 3. — — — — æneum primi, fecundi et tertii moduli.

Abacaenum Siciliae infulae.

    Aballo in Gallia Lugdonenfi.

Abba, Abbafus vel Abacaenum in Sicilia, Ar. 3. v. Æ 3. Rrr.

Abbaitae in Myfia, Æ 3. Rrr.

Abbafum in Myfia, Æ 3. Rrr,

Abdera Phoenic. et Imp. (in Hifp. Baetica.)

— —. in Thracia, Ar. 2. v. Ar 3. v. Ar. 3. v. cum nomine magiftratus, R.

Abolla Siciliae infulae.

Abonotychos in Paphlagonia.

Abydus in Troade, Ar. 2. R. Ar. 3. & Æ 3. v.

Acanthus in Macedonia, Ar. 2. R. Æ 2. R.

Acarnania, AV. 3. Rrr. Ar. 3. v.

Ace in Phoenicia, Rrr.

— vel Aco in Palaeftina.

Acerra in Italia, Æ 2. R.

Achaia, Ar. 3. vv.

Acherontia in Italia, Æ 3. Rrr.

Acheruns in Magna Graecia, Rrr.

Acilium in Italia fupera, Æ 3. Rrr.

Acinipo in Hifpania, Æ 2. Rrr.

Acmonia in Phrygia, Æ 2. Rrr,

Acrae Siciliae inf.

Acrafus in Lydia, Æ 1. Rrr.

Actium in Epiro, Ar. 3. Rr. Æ 3. Rrr.

— — in Acarnania.

Adade in Pifidia.

Adana in Cilicia, Æ 2. Rrr.

Adramyttium in Myfia, Æ 2. Rrr.

Adranum in Sicilia, Ar. Rr. Æ 3. Rrr.

Adrianopolis in Thracia, Æ 2. Rrr.

— — — in Bithynia

Adrianotheritae ad Hellefpontum, Æ 3. Rrr.

Adrianothyrae in Bithynia.

Adrianum in Bithynia.

Adrumetum Carthaginenfium.

Aeci in Hifpania Tarraconenfi.

Aedipfus in Euboea, Ar. 3. Rrr.

Aega in Macedonia.

Aegae vel Aegea in Aeolia, Æ 2. Rrr. ΑΙΓΕΩΝ.

— — in Achaia.

— — in Cilicia, Æ 3. v. ΑΙΓΕΑΙΩΝ.

Aegea in Macedonia, Æ 2. Rrr. (Capra: ΑΙΓΑΕΩΝ.

Aegefta in Sicilia, Æ 3. Rr.

Aegialia infula, inter Cretam et Hellefpontum, Æ 3. Rrr. Goltz.

Aegina infula, Ar. 3. v. Æ 3. v. (ΑΙ vel ΑΙΓΙ.) quadratum incifum; teftudo in aduerfa parte.

Aegira in Achaia.

Aegium in Achaia, Ar. 3. Rr. (caput Jouis et AX. cum nomine magiftratus.)

Aegospotamos in Cilicia, Æ 2. R.

— — — in Thracia.

Aegyptus, Æ 3. Rr.

Aenianes in Thefsalia.

Aeniniani in Acarnania.

Aenos in Thracia, Ar. 2. v. Æ 3. v.

Aepea in Meffenia, Æ 2. Rrr.

Aefernia in Italia, Æ 3. Rrr.

Aefola in Latio.

Aetnaei in Sicilia, Æ 3. R.

Aetoliae populi, AV. 3. Rrr. Ar. 3. v. Æ 3. R.

Aezanis in Phrygia, Æ 2. Rrr.

Agaffia in Thracia, Æ 3. Rrr.

Agatha in Gallia Narbonenfi.

Agathyrfi in Thracia.

Ageffii, vid. Agaffia.

Agrae in Attica.

Agrigentum in Sicilia, Ar 3. et Æ 3. v. v. AV. Rrr.

Agrippias (in Bithynia vel) in Judaea, Æ 3 Rr.

Agrip-

Agrippina in Gallia Belgica.
Agutta Siciliae (f. potius Ciliciae), Æ 3. Rrr.
Agyrina in Sicilia, Æ 3. v.
Aiſernia Samnii in Italia media.
Ala in Cilicia, Rrr.
Alabanda in Caria, Æ 3. Rrr.
Alaeſa in Sicilia, Ar. 3. v. v.
Alba in Latio, Ar. 3. Rrr.
Albiopolis in Macedonia.
Alea in Arcadia.
Alexandria ad Iſſum in Cilicia, Æ 3. Rr.
— — in Troade, Æ 3. v. v. (equus paſcens.)
Alia in Bithynia.
Alia in Phrygia.
Alicarnaſſus in Caria.
Alicyentium in Sicilia, Rrr.
Alinda, l. Alina in Caria, Æ 3. Rrr.
Aliria Larinorum in Latio.
Allaria in Creta, Rrr.
Almum in Moeſia, Æ 3. Rrr.
Alopeconneſus in Thracia.
Aluntium in Sicilia, Æ 3. v.
Aluona Illyriae (f. potius Liburniae) Æ 3. Rrr.
Alyatteni in Bithynia, Rrr. Le Bret Catalogue.
Alyzia in Acarnania.
Amantia in Illyria, Æ 3. v.
Amanus in Cilicia, Rrr. Le Bret Catalogue.
Amarinthus inſula maris Aegaei.
Amarynthus in Euboea.
Amaſia in Ponto Galatico. Æ 3. Rrr.
Amaſtris in Paphlagonia, Æ 2. et 3. v. (in auerſa Homer.)
Amathus in Cypro, AV. Rrr.
Amaxia in Cilicia.
Amba in Hiſpania, Æ 3. Rrr.
Ambracia in Epiro, Ar. 3. R. Æ 3. v.
Ameſtra in Sicilia, Æ 2. R.
Amiſus in Paphlagonia, Æ 2. v. v.
— — in Ponto Galatico.
Amneſus in Creta, Rrr. Corſini.
Amorgus inſula, Rrr.
Amorium in Phrygia, Æ 2. et 3. Rr.

Amphaxis in Macedonia, Æ 2. R.
Amphea in Meſſenia.
Amphicaea in Phocide, Rrr. Le Bret.
Amphilochia in Acarnania, Ar. 3. v.
Amphipolis in Macedonia, Æ 3. v.
— — in Syria, Æ 3. R.
Amphiſſa in Locride.
Anactorium in Acarnania, Ar. 3. v.
Anaphlyſtus in Attica, Ar. 3. Rr. Æ 3. Rrr.
Anazarbus in Cilicia, Æ 3. Rrr.
Anchialus Thraciae, l. Ciliciae, Rrr.
Ancona in agro Piceno, Italiae med. Æ 3. R.
Ancyra et Sebaſte in Galatia, Æ. 3. R.
— — in Phrygia.
Andanicae Meſſeniae, Rrr. Le Bret.
Andegaui in Gallia Lugdunenſi.
Andros inſula, Æ 3. v.
Anemurium in Cilicia.
Angela in Arcadia, Æ 1. Rrr.
Annium in Elide.
Anolus in Lydia, Æ 3. R.
Antandros in Aeolia.
Anthedon in Boeotia, Rrr.
Anthemuſia in Meſopotamia, Rrr. Maffei.
Anticaria in Hiſpania Baetica.
Antigone in Chaonia, Ar. 3. et Æ 2. Rr.
Antigonia in Arcadia.
Antigonia in Epiro.
— — in Macedonia.
Antintani in Epiro.
Antiochia in Caria, Æ 3. et Ar. R. (Pegaſus).
— — in Cilicia, Rrr.
— — in Syria ad Callirhoen.
— — in Palæſtina.
— — in Piſidia.
— — in Ptolemaide Syriæ. Rrr.
— — Syriæ ad Daphnem, vel Orontem, Æ 2. et 3. vvv.
Antipatris Samariæ, Rrr.
Antiphellos in Lycia, Rrr.
Antipolis Narbonnæ, Ar. 3. et Æ 2. Rr.
Antiſſa in Lesbo, Æ 3. Rrr.
Antium Latii, Rrr.

Anxu

Anxur Latii.
Aonia in Boeotia.
Aornus in Epiro.
Apamea in Bithynia.
— — in Phrygia, Ar. 2. v. Æ 3. v.
— — in Syria, Æ 3. vvv.
Apara in Lycia. Rrr.
Aphrodisias in Caria, Æ 3. Rrr.
Aphytes in Macedonia, Æ 3. Rrr.
Apollonia Aetoliæ.
— — Cariæ.
— — Cretæ, Ar. 2. Rrr. (tripos).
— — Illyriæ, Ar. 3. vv. Æ 3. v.
— — Ioniæ.
— — Lyciæ.
— — Lydiæ.
— — Siciliæ, Æ 3. v. ΑΠΟΛΛΩΝΟΣ.
— — Thraciæ?
Apollonidea in Lydia.
— — in Mysia.
Apollonoshieron in Lydia.
Apollonis in Thracia, Rrr.
Aptera in Creta, Ar. 3. & Æ 3. r.
Apyra, v. Apara.
Aquileia in Italia, Rrr.
Aquinum Campaniæ.
Aquinum Latii, Rrr.
Aradus insula Phœniciæ, Ar. 2. & 3. vv. Æ 2.
    & 3. vv.
Aramea, vid. Apara.
Arcadia in Creta, Ar. 3. v.
— in Peloponneso, Ar. 3. v. Æ 3. R.
Arcadiæ incolæ.
Arconesus insula, Rrr. Pellerin.
Arecomici in Gallia Narbonensi, v. Volca.
Arethusa in Syria.
Argennos in Aeolia.
— — insula. Rrr.
Argiui in Argolide.
Argos Amphilochium in Acarnania, Ar. 3. v.
— in Peloponneso, Ar 3. v. Æ 3. R.
Aria in Hispania Baet. Rrr.

POPUL. VET.

Aricanda in Lycia, Rrr. *Le Bret.*
Aricia in Latio.
Ariminum Vmbriæ in Italia med. Æ 3. Rrr.
Aristæum in Thracia, Æ 3. Rrr.
Armenia.
Arpasa in Caria.
Arpi in Italia, Ar. 3. Rrr. Æ 3. v.
Arsinoe in Creta, Æ 3. Rrr.
— — (Cyrenaicæ) in Africa.
Artace in Phrygia, Rrr.
Artemisium Euboeæ.
Arua in Hispania Baetica.
Arxada Armeniæ.
Aryca in Græcia, Rrr. *Arigoni.*
Arycanda in Lycia.
Ascalon in Judæa, Æ 3. R.
Asculum Apuliæ.
Asea in Arcadia.
Asea in Argolide.
— — in Peloponneso, Rrr. *Arigoni.*
Asia in Lydia.
Asido in Hispania Baetica.
Asine in Laconia.
Aspendus in Pamphylia, Ar. 3. vv.
Assorus in Sicilia, Æ 3. Rrr.
Assus in Mysia, Æ 3. v.
Assyria.
Asta in Hispania Baetica.
Astapa in Hispania Baetica.
Asteria insula.
Asturica Hisp. Tarrac.
Astypalæa insula.
Attyra in insula Rhodo.
Atabyrium in Sicilia, Ar. 2. et 3. Rrr. Æ 3. R.
Atala in Sicilia, Rrr. *Arigoni.*
Atalinum in Sicilia.
Atarnea in Mysia, Ar. 3. Rrr.
Atella in Campania. Rrr.
Athamanes in Aetolia.
Athena in Euboea.
Athenæ, AV. 3. Rrrr. Ar. 2. vv. Ar. 3. v. Æ 2.
    & 3. vv.
Athoitæ in Macedonia.

B   Athos

Athos in Macedonia, Æ 3. Rr.
Atinum, in Italia, Æ 3. Rrr.
Atrax in Theffalia.
Atria in Italia, Æ 1. v.
Attæa in Phrygia.
Atraitæ, Rrr.
Attalia in Lydia.
— — in Pamphylia, Æ 3. Rrr.
Attica.
Attuda in Phrygia, Rrr.
Auaricum in Gallia Aquitanica.
Aueoio in Gallia Narbonenfi, Æ 3. Rrr.
Aufa in Italia, Æ 3. Rrr.
Augufta in Cilicia.
Aulerci Eburouices in Gallia Lugdun.
Aureliopolis in Lydia.
Aufa in Hifpania, Æ 1. Rrr.
Automala in Cyrene, Æ 3. Rrr.
Axia in Creta, vid. Saxos.
—— in Italia, Ar. 3. Rrr. Æ 3. v.
—— in Locride.
Axur in Italia, Æ 3. Rrr.
Axus l. Saxus in Creta.
Azetinum, l. Azetos in Attica, Æ 3. Rrr.

Bagæ in Lydia, Rrr.
Bagedaonium in Cappadocia.
Bagedo in Cappadocia, Æ 3. Rr.
Bailo in Hifpania, Æ 3. Rrr.
Bala in Syria, (Coll. Acad. Vindobon.) Rrr.
Baianæa in Syria.
Barce in Cyrene, Ar. 2. et 3. R.
Bargafa in Caria, Æ 2. Rrr.
Bargylia in Caria.
Barium in Apulia.
Beneuentum Samnii in Italia media.
Berenice in Africa, Æ 3. Rrr. Goltz.
Beroea in Cyrrheftica Syriæ, Æ 3. Rrr.
Berrhoea in Macedonia.
Berythus in Phœnicia, Æ 3. R.
Befidiæ in Italia, Rrr.
Beterra in Gallia Narbonenfi.

Beterrha in Phœnicia, Rrr. *Liebe.*
Bilbilis Municip. in Hifpania Tarracon.
Bifalte in Macedonia, Ar. 2. & 3. Rr.
Bifanthus in Thracia.
Biterræ in Narbonna, Æ 3. Rrr.
Bithynium in Bithynia
Birontum in Magna Græcia, Rrr. Coll. Aca
        Vindob.
Bizya in Thracia, Æ 3. R.
Blaundus in Phrygia.
— — in Lydia, Æ 2. Rrr.
Bœotia, Ar. 3. v. Æ 3. v.
Bœotiæ Populi.
Bora in Hifpania.
Bofphorus Cimmerius.
Botiæa in Macedonia, Rrr.
Briane in Pifidia.
Briula in Lydia, Æ 3. Rrr.
Brundufium in Italia, Æ 3. v.
Bruttii in Italia, AV. 3. Rrr. Ar. 3. v. Æ 2. & 3.
Bullis in Epiro, Rrr.
—— in Illyria.
Bura in Achaia, Rrr.
Buthrotum in Epiro.
Butrotum, vid. Butontum, l. Bytontum.
Buxentum in Lucania.
Byblus in Phœnicia, Rrr.
Bytonrum in Calabria.
Byzacium Carthaginenfium.
Byzantium in Thracia.

C. (in multis conf. K.)

Caballodunum in Gallia Lugdunenfi.
Cabelito in Gallia Narbonenfi, Æ 3. R.
Cabira in Ponto Cappadocico, Æ 2. & 3. Rrr.
Cabira in Ponto Galatico.
Caelina in Italia, Æ 3. v.
Caelium in Apulia.
Caene l. Caenum, infula ad Sicil. Æ 3. Rrr.
Caefar-Augufta in Hifpania Tarracon.
Caefarea Bithyniæ.
— — Cappadociæ, Æ 2. & 3. R.

Caefare

Caefarea Ciliciæ ad Anazarb. Æ 3. Rrr.
Calacta in Sicilia, Æ 3. v.
Calaguris Hifpaniæ Tarracon.
Calamia in Argolide, Rrr. *Goltz.*
Calaris vrbs infulæ Sardiniæ.
Calatia Campaniæ in Italia med.
— — Mœtiæ inferioris.
Calcedon in Bithynia.
Calchedon in Thracia.
Calenum in Campania, Rrr.
Cales Campaniæ. Æ 3. vv.
Callet in Hifpania Baetica.
Callica in Bithynia.
Callipolis in Bœotia.
— — in Thracia, Ar. 2. Rrr.
Calydonium in Aetolia, Rrr.
Camalodunum in Britannia, Æ 2. Rrrr.
Camara in infula Creta.
Camarinum in Sicilia, Ar. 2. Rrr. Ar. 3. & Æ 3. v.
Camars in Etruria.
Campania, R.
Camufium in Italia, R.
Canatha in Coele-Syria, Rrr. *Pellerin.*
Canaca in Hifpania Baetica.
Canufium in Apulia.
Cappadocia, Æ 3. Rrr. *Goltz.*
Capua Campaniæ in Italia med. Ar. 3. Rrr. Æ 3 v.
Capyas, Rrr.
Caralia in Pamphylia, Æ 3. Rrr.
Carbula in Hifpania Baet. Æ 2. Rrr.
Carcinum Bruttiorum
Cardia in Thracia, Æ 3. Rrr.
Carenæ, Æ 3. Rrr.
Carimæ in Magna Græcia, Ar. 3. Rr.
Carina in Cypro.
Carifia in Hifpania Baet. Æ 3. R.
Carmo in Hifpania Baet. Æ 2. R.
Carne in Phœnicia, Rrr.
Carpafus in Cypro, Æ 3. Rrr. *Goltz.*
Carpathus infula, Æ 3. Rrr.
Carrhes in Mefopotamia, Æ 3. R.
Carteia in Hifpania Baét. Æ 3. vv.

Cartha in infula Ceo, Æ 3. R.
Carthago, AV. 3. v. Ar. 2. R. Ar. 3. v. Æ 2. Rrr. Æ 3. v.
Carthago noua in Hifpania, Æ 3. R.
Caryftii Ligur.
Caryftus in Eubœa, Ar. 2. Rrr. Æ 3. R.
Cafcantum Municip. Hifpaniæ Tarracon,
Cafilinum Campaniæ.
Caffandrea in Macedonia.
— — in Pallene, Æ 3. Rrr.
Caffopæa in Epiro, Æ 3. Rr.
Caftulo in Hifpania Baet. Æ 2. Rrr.
Catalaunum in Gallia Lugdun. Æ 3. Rrr.
Catana in Sicilia.
Catanea in Sicilia, Ar. 2. et 3. v. Æ 2. & et 3. v.
Caulonia in Italia, Ar. 2. & 3. R.
Caura in Hifpania Baet. Rrr.
Cayftriani in Lydia.
Cayftri in Jonia, Æ 3. Rrr.
Celendris in Cilicia, Ar. 3. R.
Celfa in Hifpania, Æ 2. Rrr.
Celti in Hifpania Baet.
Cenchreæ in Achaia.
Centoripa in Sicilia, Æ 2. Rrr. Æ 3. v.
Ceos infula, Æ 3. Rr.
Cephalenia, infula maris Illyrici.
Cephalœdium in Sicilia, Ar. 3. R. Æ 3. v.
— — et Heraclea in Sicilia.
Cephalonia infula, Ar. 3. & Æ 3. Rrr.
Ceraitae in Creta, Ar. 3. Rrr.
Ceramus in Caria.
Ceraunium in Achaia, Æ 3. Rrr. *Goltz.*
Cerdilus, Rrr.
Cerer in Hifpania Baet.
Ceretapa in Phrygia, Æ 3. Rrr.
Cerinthus in Eubœa, Rr.
Chabacte in Ponto Galatico, Æ 3. Rrr.
Chalcedon in Bithynia. Ar. 3. Rr. Æ 3. v.
Chalcidene regio Syriae.
Chalcis in Eubœa. Ar. 3. vv. Æ 3. v.
— — in Macedonia.
— — in Syria.
Chaonia in Epiro, Æ 3. Rrr. *Goltz.*

B 2

Cheli.

Chelidon infula, Æ 3. Rrr. *Goltz.*
Cherronefus in Cherfonefo Taurica.
Cherronefus Thraciæ.
Cherfona in infula Creta, Ar. 2. Rrr. Æ 3. Rrr.
Cherfonefus Taurica, Æ 3. Rr.
Chius infula, Ar. 3. vv. Æ 2. v. Æ 3 vv.
Chylene in Colchide.
Chylinum, Æ 3. Rrr. *Goltz.*
Cibyra in Phrygia, Ar. 3. Rrr. Æ 3. Rr.
Cieros in Bithynia.
Cilbiani infer. in Lydia.
Cilicia.
Cili in Hifpania Baet.
Cimolis infula.
Cifthena Myfiæ.
Cithera in Boeotia.
Cius in Bithynia, Æ 2. Rrr.
Claros, Rrr.
Claudias in Cappadocia, Æ 3. Rrr.
Clazomene in Jonia, Ar. 3. R. Æ 3. v.
Cleonæ in Argolide, Ar. 3. Rrr.
Clides infulæ.
Cliternum Latii eft Cumarum & Literni.
Clunia in Hifpania, Æ 2. Rrr.
Cnidus in Caria, Ar. 3. v.
Cnoffus in Creta, Ar. 2. v. Æ 2. R. Æ 3. v.
Coele Syria.
Colchis.
Colone in Meffenia.
Colonei in Myfia.
Colophon in Ionia, Ar. 3. R. Æ 3. v.
Coloffa in Phrygia, Æ 2. Rrr.
Comana in Ponto Galatico. Æ 3. Rrr.
Commagene in Syria, Æ 3. R.
Cophos in Attica, Ar. 3. Rrr. Acad. Vindob.
Copia & Lugdunum in Gallia Lugdun.
Copia in Lucania, vid. Sybaris.
Corcyra magna infula.
— — parua infula.
Corduba & Colonia Patricia in Hifpania Baet.
   Æ 3. Rrr.
Corinthus in Achaia, Ar. 3. vv. Æ 3. vv.
Corone in Meffenia.

Corrade in Phoenice.
Corfica infula.
Corycium in Creta.
Corycus in Cilicia, Æ 3. Rr.
Cos infula, Ar. 2. R. Ar. 3. v. Æ 2. R.
Cofa in Etruria.
— — l. Cofea in Thracia, AV. 3. R. Ar. 3. Rr.
   Hi nummi olim Cofæ in Italia fuerunt ad
   fcripti; *Neumannus* vero illos a Bri
   to in Thracia cufos effe demonftr
   uit. Num. vet. pop. &c. Tom. I
   Vindob. 1783 p. 128.
Coffetani in Hifpania, Rrr.
Coffura infula ad Siciliam, Æ 2. R. Æ 3. Rr.
Cotyæum in Phrygia, Æ 2. Rrr.
Couium in Cyrenaica.
Couphonia in Babylonia, Ar. 2. Rrr.
Cragus in Lycia, Ar. 3. R. Æ 2. Rr. Æ 3. R.
Cranæ & infula Helena dicta.
Cranium in Cephalonia, Ar. 3. v. Æ 3. Rr.
Cranium infula maris Illyrici.
Cranum in Theffalia, Æ 3. Rrr. (equus).
Creta, Ar. 2. Rr.
Cretopolis Pifidiæ.
Cromna in Paphlagonia, Ar. 3. Rr.
Cromnium in Achaia.
Crotona in Italia, Ar. 2. v. Ar. 3. v. Æ 3. Rr
Ctemnæ in Theffalia.
Ctimenæ in Theffalia, Æ 3. Rrr.
Cufæ Mauritaniæ in Africa.
Cuma in Aeolide.
Cumæ Campaniæ.
— — Latii, Ar. 3. v.
Curium in Cypro. *Pinkert.* Cyrium.
Cybiftra in Cappadocia.
Cyda in Creta.
Cydna in Lycia, Ar. 3. Rrr.
Cydon in Creta, Ar. 2. v. Æ 2. R. Æ 3. v.
Cyllene Elidis, Æ Rrr.
Cyme in Aeolide.
Cyme in Aetolia, Ar. 2. v. Æ 3. vv.
Cyon in Caria, Æ 3. Rrr.
Cypariffus in Phocide.

Cypr

Cyprus infula.
Cypfela Thraciæ.
Cyrenaica regio Africæ.
Cyrene in Africa, AV. 3. v. Ar. 2. R. Ar. 3. v.
    Æ 2. Rr. Æ 3. vv.
Cyrium in Cypro, Rrr.
Cyrrheftica regio Syriæ, Rrr.
Cyrrhus in Syria, Rrr.
Cythareftum, Ar. 3. Rrr. *Goltz.*
Cythera infula.
Cythnus infula, Æ 3. Rr.
Cythonis in Paphlagonia, Rrr.
Cytorium in Paphlagonia.
Cyzicus in Myfia, Ar. 2. Rrr. Æ 2. v. Æ 3. R.

Dalafis in Cilicia.
Daldiani in Lydia, Æ 3. Rrr.
Damafcus in Syria, Æ 2. R. Æ 3. Rr.
Damaftium in Epiro.
Daorfi in Illyria.
Dardanoffa Armeniæ.
Dardanus in Troade, Æ 1. Rr.
Darrhæ ad mare rubrum, *Goltz.* Rrr.
Daffaretum in Illyria.
Decapolis regio Syriæ.
Decelia in Attica, Rrr. *Le Bret.*
Delium in Bœotia.
Delos infula, Æ 3. Rrr.
Delphi Phocidis in Græcia, AV. Rrr. Ar. 3. &
    Æ 3. Rrr.
Demetrias in Affyria, Æ 3. R.
— — in Palæftina.
— — in Theffalia, Ar. 3. R.
Derbe in Lycaonia, Rrr.
Dertofa Colonia Hifpaniæ Tarracon.
Dicæopolis Thraciæ.
Diodopolis in Bœotia.
Dionyfopolis in Mœfia infer.
— — in Phrygia.
— — in Thracia, Æ 2. Rr.
Diofcurias in Colchide, Æ 3. Rrr.
Diosherion in Ionia, Rrr.

Popul. Vet.

Diofieritæ in Lydia.
Docimæa in Phrygia, Æ 3. Rr.
Dolidis in Lycia, Rrr. *Goltz.*
Dora in Phœnicia, Æ 3. Rrr.
— in Syria.
Dorenitæ in Pifidia.
Dornacus in Gallia, Ar. 3. v.
Dofa in Affyria, Æ 3. Rrr. (Male! eft Rhofus
    Syriæ.)
Dracanum, vrbs infulæ Icariæ.
Drepanum in Sicilia, Ar. 3. & Æ 3. Rr.
Dyrrachium in Illyria, Ar. 3. vv. Æ 3. R.
— — in Laconia.

Ebora in Hifpania Baetica.
Ebora, Municipium in Lufitania.
Eburones in Gallia Belgica, Ar. 3. Rrr.
Egefta, vid. Aegefta, f. Segefta.
Eglon in Palæftina, Æ 3. Rrr.
Eiona in Thracia, Rrr.
Elace in Aeolide, Rrr.
Elæa in Aeolide.
Elatea in Phocide. Rrr. *Arigoni.*
Elaeufa inf. Rrr.
Elea in Aetolia, Æ 3. Rr.
Elenita infula, Ar. 3. Rrr.
Eleufis in Attica, Æ 3. v.
Eleuthernæ in Creta, Ar. 2. Rr. Ar. 3. R. Æ 3. R.
Eliorum, *Frœlich.*
Elis, vrbs Elidis in Peloponnefo, Æ 3. Rrr.
Elyrus in Creta, Ar. 3. R. Æ 3. Rr.
Emerita Colon. in Lufitania.
Emporiæ (cum epigr. Hifp.) in Hifpan. Tarrac.
    Ar. 3. Rrr. Æ 2. v.
— — (cum epigr. lat.) Municip. Hifpan.
    Tarrac.
Enna Siciliæ, Æ 2. Rr. Æ 3. v.
Entella in Sicilia, Ar. 3. Rrr. Æ 3. v.
Epagro in Hifpania Baetica.
Ephefus in Ionia, Ar. 2. & 3. v. Æ 2 Rr. Æ 3. v.
Epicnemidii Ozoli in Locride, Ar. 3. Rr.
Epictetes Phrygiæ, Æ 3. Rrr.

c   Epi.

Epidaurus in Argolide, Æ 3. Rr.
Epiphania in Cilicia.
— — in Syria, Æ 3. Rr.
Epirus, Ar. 3. R. Æ 3. v.
Eradæ in Attica.
Erchmenum in Attica.
Erefus in Lesbo, Ar. 3. et Æ 3. Rrr.
Eretria in Eubœa, Ar. 3. v. Æ 3. R.
Ergauica Municip. Hifpaniæ Tarracon.
Eriza in Caria, Rrr. *Pellerin.*
Ermocapalis in Lydia, Æ 3. Rrr.
Erythra in Iouia, Ar. 3. v. Æ 3. v.
Erythræ in Bœotia.
Erythræa in Creta, Æ 3. Rrr.
Eryx in Sicilia.
Etenna in Pamphylia, Rrr. *Pellerin.*
Ethneftiorum in Attica.
Etruria.
Euboea infula, Ar. 2. Rrr. Ar. 3. v. Æ 3. v.
Eucarpia in Galatia, Æ 3. Rrr.
— — in Phrygia.
Eufara (incognita) Rrr. forte Bœotiæ.
Eulepa in Cappadocia.
Eumenia in Caria, Rrr.
— — in Phrygia.
Euromus Cariæ.
Eurydicea in Elide.
Eufebia in Cappadocia, Æ 2. Rrr.
Euæ in Arcadia, Ar. 3. Rrr. (Numi aurei cum EYA, Euæ adfcripti, Cyrenenfes funt.)
Euthenæ in Caria, Rrr.

Fæfulæ in Etruria, Æ 3. Rrr.
Faleria Etruriæ.
Falifci in Italia, Ar. 3. v. Æ 3. Rr.
Faftium in Bœotia, Ar. 3. Rrr. *Goltz.*
Felatri, vid. Volaterra in Etruria.
Frentani in Italia.

Gaba, l. Gabe in Phœnicia, Rrr.
Gabala in Syria.

Gades in Hifpania Baet. Rr.
Galacte in Sicilia, Æ 3. Rrr.
Galafii pop. Alpin.
Galatia, Rrr.
Galatinæ, Rrr.
Galilæa.
Gargara in Myfia, al. in Aetolia.
Gaulora infula ad Siciliam, Æ 3. Rrr.
Gaza in Judæa, Æ 3. Rrr.
—— in Phœnice.
Gazium in Paphlagonia, Æ 2. Rrr.
Gaziura in Ponto Galatico.
Gelas in Sicilia, Ar. 2. et 3. & Æ 3. v.
Germe in Myfia, Rrr.
Gili in Hifpania.
Gomphi in Theffalia, Æ 3. Rr.
Gordis in Lydia, Æ 3. Rr.
Gortyna in Creta, Ar. 2. et 3. et Æ 3. v.
Graccuris Municip. Hifpaniæ Tarracon.
Grauifca in Etruria, Æ 3. Rrr.
Grumentum in Italia, Æ 3. Rrr.
Gyrton in Theffalia, Æ 3. Rrr.
Gytheatæ in Laconia, Rrr. *Goltz.*

Hadria in agro Piceno Italiæ med.
Hadrianum in Myfia, Rrr. Colleg. Acad. Vind
Hadrumetum, vid. Adrumetum.
Halefa Siciliæ, Rrr.
Haliartus in Bœotia, Rrr.
Halicarnaffus Cariæ, Rrr. *Goltz.*
Halonefus infula.
Haluntium in Sicilia, Rrr.
Harmas in Bœotia, Rrr.
Harpafa in Caria, Rrr.
Hegeira in Attica.
Helena infula, & Cranæ dicta.
Heliopolis in Syria, Rrr. *Goltz.*
Hephaeftia in Lemno, Æ 3. Rrr.
Heraclea in Acarnania, Ar. 2. & 3. & Æ 3. Rrr.
— — in Bithynia, ΗΡΑΚΛΕΙΑ, Ar. 3. v. Æ 3.
Rr.
— — in Caria, Æ 3. Rrr.

Her.

Heraclea in Cyrenaica.
— — Lucaniæ in Italia, Ar. 3. v. Æ 3. v.
— — Lydiæ.
— — Lynceſt. in Macedonia, Ar. 2. R.
Ar. 3. R.
— — in Ponto Cappadocico.
— — Siciliæ.
— — Sintica in Macedonia.
— — Trachin. in Theſſalia.
Heracleopolis in Aegypto.
Heracleum in Cherſoneſo Tauric.
— — in Ponto, Rrr.
Herculaneum in Campania.
Hermocapelia in Lydia.
Hermopolis in Iſauria.
Hibera Hiſpaniæ Tarracon.
Hiera Myſiæ.
Hierapolis in Cilicia, Æ 3. Rr.
— — in Phrygia, Æ 2. Rrr. Æ 3. R.
Hierapytna Cretæ, Ar. 2. & 3. Rrr.
Hierocæſarea in Lydia, Æ 2. & 3. Rtr.
Hieropolis in Syria, Æ 3. Rrr.
Himera in Sicilia, Ar. 3. v. Æ 3. v.
Hippana in Sicilia, Æ 3. Rrr.
Hipparis in Sicilia, Æ 3. Rrr.
Hippo libera in Syrtica.
Hippone in Africa, Rrr.
Hipponium Bruttiorum in Italia, Ar. 3. & Æ
3. Rr.
Hiſtiæa in Eubœa, Rrr.
Homatia in Macedonia, Æ 2. Rr.
Homolium in Theſſalia, Rrr.
Horreum in Epiro.
Hybla magna in Sicilia, Rrr.
Hyccara, l. Hyccarum Siciliæ, Rrr.
Hydrela in Caria.
Hydruntum in Italia, Æ 3. Rrr. Goltz.
Hylæi in Locride, Æ 2. Rrr.
Hyllis peninſula maris Illyrici.
Hypatæum Actoliæ, Rrr.
Hypepa in Lydia, Æ 3. Rr.
Hyrcania, Ar. 3. Rr. Æ 2. Rrr. Æ 3. Rr.
Hyrcania in Lydia.

Hyrgalea in Phrygia.
Hyria, l. Vria in Apulia.
Hyrina in Italia, Ar. Rrr.

Jadera in Liburnia, Goltz.
Jaeta Siciliæ, Æ 3. Rrr.
Jaſus in Caria, Rrr.
Icaria inſula.
Iconium in Lycaonia, Æ 3. Rrr.
Idalia in Cypro, Rrr.
Jera, vid. Hiera.
Jerapolis, v. Hierapolis.
Jerapytna, v. Hierapytna.
Iguuium Vmbriæ in Italia media.
Ilercauonia Hiſpaniæ Tarracon.
Ilerda Hiſpaniæ Tarracon.
Iliberis in Iliſpania Bactica.
Ilici Colonia Hiſpaniæ Tarracon.
Ilipa in Hiſpania Baetica.
Ilipenſe in Hiſpania, Æ 2. et 3. v.
Ilipla in Hiſpania Baet. Æ 2. Rrr.
Ilippo in Hiſpania.
Iliturgi in Hiſpania Baetica.
Ilium in Troade, Ar. 2. Rrr. Æ 3. Rr.
Illyria.
Ilua in Etruria.
Ilurco Hiſpaniæ Baet.
Imbrus in inſula Lemno.
— — in Caria.
— — inſ. Lesbi.
Jol Numidiæ.
Joniæ incolarum.
Joppe in Samaria.
Jos inſula, Æ 3. Rrr.
Jotappe in Cilicia, Rrr.
Ipagro Hiſpaniæ Baet.
Irene inſula, Æ 3. Rrr.
Iriatini Ligurum in Italia. Rrr.
Irippo in Hiſpania Baet. Æ 3. Rr.
Irrheſia inſula, Rrr. Pellerin.
Iſauria.
Iſindus in Pamphylia.

C 2

Iſinum

Isinum in Bœotia.
Ismenium in Bœotia, Ar. 3. Rrr. *Arigoni.*
Iffa infula maris Illyrici, Æ 3. v.
Iffa in Lesbo.
Iftiæa in Eubœa, Ar. 2. Rrr. Ar. 3. v. Æ 3. v.
Iftria Mœfiæ inferioris, l. Iftrus, Ar. 3. v.
Ifus in Bœotia, Rrr. *Arigoni.*
Itane, l. Itanus in Creta, Ar. 2. Rrr. Ar. 3. v.
Ithaca infula, Æ 3. Rrr. *Neumannus* eiusmodi
    numum publicauit, in cuius aduerfa parte
    Vlyffis caput cum pileo nautico; in auer-
    fa gallus & ΙΘΑΚΩΝ.
Ituci in Hifpania, Æ 2. Rrr.
Judæa.
Julia Colon. in Hifpan. Baetica.
—— Laodicea, vid. Laodicea in Syria.
Juliagordus, Æ 3. Rr. vid. Gortyn:
Julias Galilææ in Syria.
Juliopolis in Bithynia.
Julis vrbs inf. Cei, Æ 3. Rrr.

K, (in multis, quæ hic defiderantur, nomini-
bus, conf. fupra lit. C.)

Kabacte in Ponto Galatico.
Kadi in Phrygia.
Kallatia in Mœfia infer.
Karyftus in Eubœa.
Kayftriani in Lydia.
Keretape in Phrygia.
Kerinthus in Eubœa.
Kibyra in Phrygia.
Kimolis infula.
Koloffæ Phrygiæ.
Kotyæum Phrygiæ.
Kragus in Lycia.
Krannon in Theffalia.
Kydna in Lycia.

Lacanatæ Siciliæ, Rrr. *Le Bret.*
—— Ciliciæ, Ar. 2. Rr.
Lacantes in Cilicia.

Lacedæmon, Ar. 2. Rrr. Ar. 3. Rr. Æ 2. v.
    Æ 3. v.
Lacydon in Gallia Narbonenfi.
Lælia in Hifpania, Æ 2. Rrr.
Lalaffis Ifauriæ.
Lamia Ciliciæ.
—— Theffaliæ, Ar. 3. Rrr.
Lampa in Creta.
Lampfacus in Myfia, AV. 3. Rr. Ar. 3. v. Æ
    3. Rr.
Laodicea in Phrygia, Ar. 2. Rrr. Æ 3. Rr.
—— in Ponto Galatico.
—— in Syria, Ar. 2. Rrr. Æ 2. R. Æ 3. v.
Lapethus in Cypro.
Lapithæ in Theffalia, Rrr.
Lappa in Creta, Ar. 3. Rrr.
Larinum, l. Laris Frentanorum in Italia media,
    Æ 2. Rr. Æ 3. R.
Lariffa Theffaliæ, Ar. 3. v. Æ 3. R.
—— Syriæ.
Larymna Salganeus in Bœotia.
Lafos Cretæ.
Laftigi in Hifpania, Æ 2. Rrr.
Laus in Lucania.
Lazonium Lucaniæ.
Lebedus in Jonia.
Lemnos infula.
Lcontinum Siciliæ, Ar. 2. & 3. v. Æ 3. v.
Leptis in Africa, Æ 2. Rrr.
Lesbos infula, Ar. 3. v.
Leuca in Italia, Ar. 3. Rrr.
Leucas infula ad Acarnaniam, Ar. 3. v. Æ 3. v.
Leucas in Cocle Syria.
Liburnia.
Lilybæum Siciliæ, Æ 2. Rrr. Æ 3. R.
Limyra in Lycia. Ar. 3. Rrr.
Lipara infula ad Sicil. AV. 3. Rrr. Ar. 3. Rr.
    Æ 2. v.
Liffus in Creta.
Liternum, vid. Cumæ.
Liuiopolis in Ponto Afiatico, Rrr. *Arigoni.*
Locri Epicnemedii in Locride.
—— Epizephyrii in Bruttiis.

Locri

Locri Opuntii in Locride.
— — Ozoiæ in Locride.
Locris in Italia, Ar. 3. R. Æ 2. & 3. R.
— — in Locride, Ar. 3. v. Æ 2. R.
Longone in Sicilia.
Longostaleti in Laconia.
Lont Hispaniæ Baeticæ.
Lopadussa insula ad Siciliam, Rrr.
Lucanorum, l. Lycianorum in Italia.
Luceria Italiæ, Æ 2. Rr.
Lugdunum in Gallia Lugdunensi.
Luna in Etruria.
Lycaonia.
Lycia Asiæ.
Lyciani, l. Lyciæ in Italia incolæ, Æ 3. Rrr.
Lycium in Thessalia, Rrr. Coll. Acad. Vindob.
Lycopolis in Aegypto.
Lydia.
Lysias in Caria, Rrr.
— — in Phrygia.
Lysimachia in Aetolia, Ar. 3. Rrr.
— — in Thracia, Æ 3. R.
Lyttus in Creta, Ar. 2. v. Ar. 3. R. Æ 3. R.

Macedonia, Ar. 2. & 3. v. Æ 2. & 3. vv. Romana prouincia facta, & in quatuor partes diuisa, cusi, vnde in numis; Prima &c. ΜΑΚΕΔΟΝΩΝ ΠΡΩΤΗΣ &c.
Macedoniæ Populi.
Macella Siciliæ, Rrr.
Macrocephalos in Ponto Galatico, Ar. 3. R.
Maeonia in Lydia, Æ 3. R.
Magnesia ad Maeandrum in Jonia, Ar. 2. R.
    Ar. 3. Rr. Æ 3. v.
— — Lydiæ, Æ 2. & 3. R.
— — Thessaliæ, Æ 3. Rrr.
Malea in Laconia, Ar. 3. v.
Malia in Thessalia.
Mallus in Cilicia, Ar. 3. Rr.
Mamertini Siciliæ.
Mamertum Bruttiorum in Italia, Æ 2 & 3. v.

POPUL. VET.

Mantinea in Arcadia, Rrr. *Pellerin.*
Marathon in Attica, Rrr.
Marathus in Phœnicia.
Marcianopolis in Mœsia, Rrr.
Mariama in Syria.
Marium in Cypro, Ar. 3. Rrr.
Maronea in Thracia, Ar. 2. & 3. vv. Æ 2. Rr.
    Æ 3. v.
Marrucini in agro Piceno Italiæ med.
Massilia in Gallia Narbon. Ar. 3. vv. Æ 2. R.
    Æ 3. vv.
Massycites in Lycia, Ar. 3. R. Æ 3. R.
Mastaura in Lydia.
Mastia in Paphlagonia.
Mauretania.
Mazara Siciliæ, Rrr. *Pellerin.*
Mediomatrici in Gallia Belgica.
Medion in Aetolia, Rrr.
Mediorum in Aeolide.
Megalopolis in Arcadia, Ar. 3. v.
Megalusa insula.
Megara in Attica, Ar. 3. R. Æ 3. v.
— — in Sicilia, Æ 3. v.
Megarsus in Cilicia, Ar. 3. Rrr.
Megiste insula, Rrr.
Melita, l. Melite insula, Æ 2. v. Æ 3. v.
Melitopolis in Attica.
— — ad Hellespontum, Æ 2. Rr.
Melos insula, Ar. 3. R. Æ 2. R. Æ 3. v.
Menæ, Menæneæ, l. Menænum in Sicilia, Æ 3. v.
Menda in Thracia.
Mende in Macedonia.
Mesambria in Thracia, Ar. 3. Rr.
Mesopotamia.
Messana in Sicilia, Ar. 2. & 3. v. Æ 2. R. Æ 3. v.
Messene in Græcia, Ar. 3. R. Æ 3. v.
Messenia vrbs Messeniæ, l. Messenes.
Metapontum in Italia, Ar. 2. v. Ar. 3. v. Æ
    3. Rr.
Methymnus, Methymna, l. Mathymnus in Lesbo, Ar. 3. Rrr. Æ 3. v.
Metropolis in Phrygia, l. in Thessalia, Ar. 3.
    Rrr. Æ 3. Rr.

D   Metroum

Metroum in Bithynia.
Milefia in Ponto Cappadocico.
Miletopolis in Myfia.
Miletus in Jonia, Ar. 3. v. Æ 3. v.
Minturnæ Latii in Italia media,
Minya in Theffalia, Rrr. *Pellerin.*
Mirobriga Hifpaniæ Baeticæ.
Mœfia.
Molino, Rrr.
Moloffi in Epiro.
Mopfium in Theffalia.
Mopfus in Cilicia, Æ 3. v.
Morgantia Siciliae, Ar. 3. Rrr. Æ 2. & 3. Rrr.
Moftene in Lydia.
Mothone in Meffenia.
Motya, l. Motye in Sicilia, Ar. 3. Rr.
Munda & Municipium in Hifpan. Æ 2. Rrr.
Murgantia Samnii in Italia media.
Murgi Hifpaniæ Baeticæ.
Mycaleffus in Bœotia.
Myconus infula, Æ 3. v.
Mylæ infulæ ad Cretam, Æ 3. Rrr.
Mylafa in Caria, Æ 3. Rrr.
Myndus Cariæ, Æ 2. Rrr. Æ 3. R.
Myrina in Aeolia, Ar. 2. v. Æ 3. Rrr.
Myrleum in Bithynia.
Myfcomacedones in Myfia.
Myfia Prouincia.
Mytilene in Lesbo, Ar. 3. R. Æ 2. Rr. Æ 3. v.

Nacolea in Phrygia.
Nacrafus in Lydia.
Nactorini in Epiro.
Nagidus in Cilicia, Ar. 3. Rrr.
Naupactus in Aetolia, Ar. Rrr.
Naxus in Sicilia, Ar. 3. v. Æ 3. R.
— — infula, Ar. 3. R.
Nea infula, Rrr. *Pellerin.*
Neapolis in Caria, Æ 3. Rrr. (vna.)
— — in Italia, Ar. 3. vv. Æ 3. vv.
— — in Macedonia, Ar. 3. v. (Perfona f. larua.)

Neapolis Samariæ in Syria.
Nebrifa Hifpaniæ Baeticæ.
Neetum in Sicilia.
Nema in Hifpania Baetica.
Nemaufus in Gallia Narbon. Æ 3. Rrr.
Neocæfarea in Ponto Galatico.
Neoclaudiopolis in Paphlagonia.
Nicæa in Bithynia, Æ 3. Rrr.
— — in Jonia.
Nicea in Thracia, Æ 3. Rrr.
Nicomedia Bithyniæ, Æ 3. R.
Nicopolis in Epiro, Rrr. *Pellerin.*
— — in Mœfia infer.
Nifa prope Megaram Attic. Æ 3. Rr.
— — in Sicilia.
Nifyros infula, Æ 3. R.
Nola in Italia, Ar. 3. Rrr.
Nonacris in Arcadia.
Norba in Hifpania Tarraconenfi, Æ 3. Rrr.
Nuceria in Italia, Ar. 3. Rrr. Æ 3. R.
Numidia in Africa.
Nyfa in Caria, Æ 3. Rrr.
— — in Pæonia.
— — in Thracia?

Oaxes in Creta, Rrr.
Obulco in Hifpania, Æ 2. v. Æ 3. R.
Odeffus in Thracia, Rrr.
Odrufa Thraciæ.
Oeniadæ in Infula Leucade ad Acarnaniam, Æ 3. v.
Oeta in Theffalia.
Olbafa in Pamphylia.
Olbia in Pamphylia, Rrr.
Olbiopolis in Sarmatia Europæa.
Olont in Hifpania Baetica.
Oluotium Hifpaniæ, Ar. 3. Rrr.
Olus in Creta, Ar. 3. Rrr.
Olympia in Achaia.
Olympus in Lycia, Ar. 3. Rr.
— — in Pamphylia.
Olynthus in Thracia, Rrr.

Omoliu

Omolium in Theffalia.
Omphalitæ in Theffalia.
Onuba in Hifpania, Æ 3. Rrr.
Ophrynium in Troade, Rrr.
Opus in Locride, Ar. 2. & 3. v. Æ 3. Rr.
Orchomenium in Bœotia, Æ 3. Rr.
Oricus in Epiro, Rrr.
Orippo in Hifpania, Æ 2. Rrr.
Oroagri, Æ 3. Rrr.
Oroanda in Pamphylia.
—— —— in Pifidia.
Orra in Italia, Æ 3. Rrr.
Orthagoria in Macedonia.
Orthofia in Caria.
—— —— in Phœnice.
Oryx in Achaia.
Ofca in Hifpania Tarracon; al. in Hifpania Bae-
    tica, Ar. 3. Rrr.
Oficerda in Hifpania Tarracon.
Ofonoba in Lufitania.
Offa in Macedonia.
Offet, l. Offet in Hifpania Baetica.
Oftur in Hifpania Tarracon; al. in Hifpania
    Baet. Æ 2. Rrr.
Othrytæ in Theffalia.
Otrœa Phrygiæ.
Otronum in Sicilia.
Oxyrinthus in Aegypto, Rrr.

P æonia, Æ 3. Rrr.
Pæftum, f. Pofidonia, Ar. 2. R. Æ 2. & 3. v.
Pagafæ in Macedonia, Rrr.
Palæftina.
Pales in Cephelonia, Ar. 3. Rrr. Æ 3. Rr.
Palmyra in Syria.
Paltos in Syria, Rr.
Pamphos in Aetolia.
Pamphylia.
Pandofium in infula Leucade ad Acarnan.
—— —— Bruttiorum in Italia, Ar. 3. Rrr.
    Goltz.
Panopolis in Aegypto.

Panormus in Sicilia, AV. 3. Rrr. Ar. 3. Rrr.
    Æ 3. v.
Pantalia in Thracia, Æ 3. Rr.
—— —— in Pæonia.
Panticapæum ad Bosporum, AV. 3. Rrr. Ar.
    3. Rrr. Æ 3. v.
Paphlagonia.
Paphos in Cypro, Ar. 3. Rr. Æ 3. Rr.
Parium in Myfia, Ar. 2. Rrr. Ar. 3. v.
Paros, l. Parus infula, Ar. 2. & 3. Rrr. Æ 3. R.
Patara in Lycia, Ar. 3. Rr.
Patmos infula?
Patræ in Achaia, Ar. 2. Rr. Ar. 3. R. Æ 2. & 3. R.
Patricia Colon. vid. Corduba.
Pautalia in Thracia.
Pax Julia Colon. in Lufitania.
Peiræ in Achaia, Ar. 3. v.
Peithefa in Etruria.
Pelecania in Bœotia.
Pelinna in Theffalia, Ar. 3. Rrr.
Pella in Macedonia, Æ 3. v.
Peloponnefi incolæ.
Pelteni in Phrygia.
Pelufium in Aegypto, Rrr. *Froelich.*
Pentri Samnii in Italia med.
Peparethus infula, Æ 3. v.
Pergæ in Pamphilia, Æ 3. Rr.
Pergamus in Myfia, Ar. 2. & 3. v. Æ 3. v.
Perinthus in Thracia, Æ 3. v.
Perperene in Myfia.
Perrhæbia in Theffalia.
Perufia in Etruria.
Peffinas in Galatia, Rrr.
Petelia in Italia, Æ 3. v.
Petrocorii in Gallia Aquitanica.
Phacium in Theffalia, Æ 3. Rr.
Phæftum in Creta, Ar. 2. & 3. v. Æ 3. v.
Phalanna in Theffalia, Æ 3. R.
—— —— in Creta.
Phalafarna in Creta, Ar. 2. Rr. Ar. 3. v.
Phanagorea in Bosporo Cimmerio.
Pharcadon in Theffalia.
Pharnacia in Ponto Polemonaico.

Phar-

Pharfalia in Theffalia, Ar. 3. v.
Pharus infula maris Illyrici, Rrr.
Phafelis in Lycia, Ar. 3. v.
Phafis in Colchide.
Pheneos in Arcadia, Æ 3. Rrr.
Pheræ in Theffalia, Æ 3. Rrr.
Philadelphia in Lydia, Æ 3. v.
— — (Decapolis) in Syria,
— — in Macedonia.
Philippi in Macedonia, Æ 3. Rr.
Philippopolis in Thracia, Æ 3. Rrr.
Philocalea in Ponto, Æ 3. Rrr.
Philomelium in Phrygia, Æ 3. Rr.
Phine in Ponto Polemaico, Æ 3. Rrr. *Goltz.*
Phocæa in Jonia, Æ 2. Rrr. Æ 3. v.
Phocidis populi, Ar. 3. v. Æ 3. Rr,
Phœnice, Æ 2. R.
Phœnicape in Epiro.
Phrygia.
Phtiotidarum in Theffalia, Ar. 3. & Æ 3. Rrr.
Phycus in Cyrenaica.
Picentini Campaniæ in Italia, Ar. 3. Rrr, *Goltz.*
Picenus Ager.
Pieria in Syria, vid. Seleucis.
Pinamyti in Aegypto, Rrr. *Froelich.*
Pimolis in Ponto Galatico, Æ 3. Rrr.
Pifa in Etruria.
Pifaurum Vmbriæ in Italia media, Rrr.
Pifidia.
Pitana, l. Pitane in Myfia, Æ 3. Rrr.
Plarafa Cariæ.
Plateæ in Bœotia.
Plotinopolis in Thracia, Æ 3. Rrr.
Poemanii in Myfia.
Poemanium in Ponto Cappadocico.
Polyrrhenium in Creta, Ar. 2. Rr. Ar. 3. R.
Pompeiopolis in Cilicia, Æ 2. Rrr.
Pontus Cappadocicus.
— — Galaticus.
— — Polemoniacus.
Populi Acarnaniæ.
— — Macedoniæ.
— — Theffaliæ.

Populonia in Etruria, Ar. 3. R. Æ 2. R.
Pofidonia in Italia, Ar. 2. R. Ar. 3. v. Æ 3. v
Praefus in Creta, Ar. 2. Rr. Ar. 3. & Æ 3. Rr.
Prafia in Laconia, Æ 3. Rrr.
Prianfus in Creta, Ar. 3. & Æ 3. Rrr.
Priapos ad Hellefpontum, Ar. 3. Rrr. Coll. Aca
    Vindob.
Priapus in Myfia.
Priedionii in Creta.
Priene in Jonia, Æ 3. Rr.
Proana in Theffalia.
Proconnefus infula, Ar. 3. Rr.
Pronos infula maris Illyrici.
Proxenopolis in Aegypto.
Prufa in Bithynia ad mare, Æ 2. Rrr.
— — — — ad Hippium.
— — — — ad Olympum.
Prymneffus in Phrygia.
Pfamathus in Laconia, Rrr. *Arigoni.*
Pfophis in Acadia.
Ptolemais in Cyrene, Æ 3. Rr.
Puteoli in Campania, Æ 3. Rrr.
Pydna in Macedonia, Æ 3. Rr.
Pylos in Elide, Ar. 3. & Æ 3. Rrr.
— — in Meffenia, Æ 3. Rrr.
Pyrnus in Caria.
Pythii in Creta.
Pythionia infula.
Pythium in Theffalia, Æ 3. Rrr.
Pyxus, vid. Buxentum.

Ræa in Affyria.

Ratumacos in Gallia, Æ 3. Rrr.
Rauci in Creta, Ar. 2. Rr. Ar. 3. Rr. Æ 3. Rr
Rauenna in Italia fupera.
Remi in Gallia Lugdun. Æ 3. Rrr.
Rhene infula.
Rhegium in Italia, Ar. 2. & 3. v. Æ 2. & 3. v
Rhitymna in Creta, Ar. 3. & Æ 3. Rr.
Rhoda, l. Rhodanufia, cognomen Maffiliæ
    Gallia Narbon.
— — Hifpan. Tarracon. nifi Galliæ Narbon.
                   Rhodu

Rhodus infula, **Ar. 1. Rr.** Ar. 2. & 3. vv. Æ 2.
& 3. vv.
— — in Lycia.
Rhofos, l. Rhofus in Syria, **Rrr.** *Maffei.*
Roma Latii in Italia media.
Roma, ΡΩΜΑΙΩΝ, Roma, vel Romano in Sicilia
& Magna Græcia cuf. Ar. 3. & Æ 3. v.
(cum POMANO, Rrr.)
Romula, Colonia in Hifpania Baetica.
Rotomagus in Gallia Lugdun.
Rufcino in Gallia Narbon.
Rybaftini in Apulia.
Rypæ in Achaia, Æ 3. Rrr.
Rytium in Creta.

Sacili in Hifpania, Æ 3. Rrr.
Sætabis in Hifpania Tarracon. Æ 2. Rr.
Saetteni in Lydia.
Sagalaffus in Pifidia, Rrr.
Saguntum in Hifpania Tarracon. Æ 2. & 3. Rrr.
Sais in Aegypto, Rrr.
Sala in Phrygia, Æ 3. R.
Salacia Imperatoria in Lufitania.
Salamis infula, Æ 3. Rrr.
— — in Cypro.
Salantini in Calabria.
Salapia in Italia, Æ 3. R. Ar. 3. Rrr. ϹΑΛΑ.
Salafii gentes Alpinæ.
Saleinum in Thracia.
Salentinum in Italia, Ar. 3. Rrr. *Goltz.*
Salpefa in Hifpania, Æ 3. Rrr.
Same Cephaleniæ, Æ 3. R.
Samifus Commagenes in Syria.
Samnitum populi.
Samos infula, Ar. 3. v. Æ 3. R.
Samofata in Commagene, Æ 3. v.
Samothrace infula, Æ 3. Rrr.
Sandalium in Pifidia, Rrr.
Santones in Gallia Aquitanica, Ar. 3. v.
Sardes in Lydia, Ar. 2. Rr. Æ 2. & 3. v.
Sardinia infula.
Sarmatia Europæa.

Saxii in Creta.
Scepfis in Myfia. **Rrr.**
— — in Troade.
Sciathus infula.
Scionium Macedoniæ.
Scodra in Illyrico, Æ 3. Rrr.
Scotuffa in Theffalia, Æ 3. Rrr.
Scylatium, l. Scylaceum Bruttiorum, Æ 3. Rrr.
Scyros infula, Ar. 3. Rrr. *Goltz.*
Searo in Hifpania, Æ 3. Rrr.
Sebafte Ancyra in Galatia.
— — quæ & Elaeufa, infula.
— — Syriæ, Æ 3. Rrr.
Sebaftopolis in Ponto Galatico.
Segefta in Sicilia, Ar. 2. & 3. v. Æ 3. v.
Segobriga in Hifpan. Tarrac. Æ 2. Rr.
Segouia in Hifpan. Tarrac. Æ 2. Rrr.
Segufia in Gallia Narbon.
Seleucia ad Tigrim in Mefopotamia.
— — in Syria.
Seleucis mediterranea.
— — in Cilicia, Æ 3. v.
— — & Pieria, Populi Syriae, Ar. 2. v.
Æ 2. & 3. v.
— — in Pifidia, Ar. 2. R. Æ 3. R.
Selinus in Sicilia, Ar. 2. & 3. v. Æ 2. Rr.
Sequani in Gallia Lugdun.
Seriphus infula, Ar. 2. & 3. v. Æ 3. Rr.
Sefamos Paphlagoniæ.
Seftos Thraciæ.
Siberene Bruttiorum in Italia.
Siciliæ infulæ, ΣΙΚΕΛΙΩΤΑΝ.
Sicinus infula, Æ 3. Rr.
Sicyon in Achaia.
Sida, l. Side in Pamphylia, Ar. 2. & 3. v. Æ
3. R.
Sidon in Phœnicia, Æ 2. & 3. v.
Sige in Troade, Æ 3. Rrr.
Signia Etruriæ.
Silandus in Lydia, Æ 3. Rrr.
Sinope in Lydia, Ar. 3. R. Æ 3. v.
— — in Paphlagonia.
— — in Ponto Galatico.

Sinuessa in Latio, Ar. 3. Rrr. *Goltz.*
Siphnus insula, Ar. 3. & Æ 3. v.
Siris in Lucania.
Sisapo in Hispania Baetica.
Smintheia in Troade, l. in Aolide, Rrr.
Smyrna in Jonia, Ar. 2. v. Æ 2. v. Æ 3. vv.
Soli in Cilicia, Æ 3. Rrr.
— in Cypro, Ar. 2. v. Æ 3. Rr.
Solopolis in Cilicia.
Solus in Cypro.
—— in Sicilia, Æ 3. R.
Sparta in Laconia.
Spartolium in Macedonia, Rrr.
Stabiæ in Campania.
Stectorium Phrygiæ.
Stobi in Macedonia.
Stratonicea in Caria.
— — in Macedonia, Æ 3. R.
Stratos in insula Leucade ad Acarnaniam.
Stymphalis in Arcadia, Ar. 3. & Æ 3. Rr.
Styra in Eubœa, Æ 3. Rr.
Suesano in Italia, Ar. 2. Rr. Æ 2. R.
Suessa in Campania.
Sumatia, Æ 2. Rrr.
Sybaris in Italia, Ar. 2. & 3. v.
Sybiris in Creta, Ar. 2. Rr. Æ 3. Rrr.
Syme insula juxta Rhodum, Ar. 3. Rrr. *Goltz.*
Synaos in Phrygia.
Synnada in Phrygia, Æ 3. Rrr.
Synonia in Corsica, Æ 3. Rrr.
Syracusæ, AV. 3. v. Ar. 1. R. Ar. 2. & 3. vv. Æ 2. & 3. vv.
Syria, AV. Rrrr. Ar. R.
Syros insula.
Syrtica.

Taba Palæstinæ.
— — in Syria, Æ 3. R.
Tabæ in Caria.
Tabala in Lydia, Æ 3. R.
Tabenum in Pisidia, Æ 3. R.
Talaria Lacedæmon.
— — Siciliæ inf.

Taletes in Laconia, Æ 2. Rrr.
Tamasus in Cypro, Æ 3. Rrr. *Goltz.*
Tanagra in Bœotia, Rrr.
Tanos in Creta.
Taphia insula, Æ 3. Rrr.
Tarentum in Italia, AV. 3. Rr. Ar. 2. & 3. vv. Æ 3. Rrr.
Tarraco, Colonia in Hispania Tarracon.
Tarsus in Cilicia, Æ 2. & 3. v.
Tartessus in Hispania Baetica.
Taurion in Lycia.
Tauromenium in Sicilia, AV. 3. Rr. Ar. 3. R. Æ 2. & 3. vv.
Teanum in Italia, Ar. 3. R. Æ 3. v.
Teate in agro Piceno Italiæ mediæ.
Tegea in Arcadia, Æ 3. v. Numus Tegeæ, Frœlichio, in ejus Notitia Numism. antiq. tributus, sine dubio Lesbo adscribendus est.
Tegea in Creta.
Telamon in Etruria.
Telos insula.
Temenothyra in Lydia, Æ 2. Rr.
Temenothyræ in Phrygia.
Temesæ in Magna Græcia, Rrr.
Temnus in Aeolide, Æ 2. & 3. Rr.
Tenea prope Corinthum, Rrr.
Tenedos insula, Ar. 2. & 3. R.
Tenos insula, Ar. 3. & Æ 3. v.
Teos in Jonia, Ar. 2. & 3. v. Æ 3. v.
Terina in Italia, Ar. 2. & 3. v. Æ 3. Rr.
Termessus in Pisidia, Æ 2. Rrr.
Terpillus in Macedonia, Æ 3. R.
Thasus insula, Ar. 2. & 3. v. Æ 3. v.
Thebæ in Bœotia, AV. 3. Rr. Ar. 2. & 3. v. Æ 3. R.
Thebæ Macedoniæ.
Thelpusa in Arcadia.
Themisonium in Phrygia.
Theodosia in Chersoneso Taurica, Æ 3. Rrr.
Thera insula.
Thermæ in Sicilia, Ar. 3. R. Æ 3. v.
Thespiæ in Bœotia, Æ 3. Rrr.

Thessalia

Theſſalia, Ar. 2. & 3. v. Æ 3. v.
Theſſaliæ populi.
Theſſalonicea. Æ 3. vv.
Thibros in Theſſalia.
Thiſſoa in Arcadia.
Thracia.
Thuria in Meſſenia, Æ 3. Rrr.
Thurium in Acarnania, Ar. 3. R.
— — in Italia, Ar. 2. & 3. vv. Æ 3. R.
Thyatira in Lydia, Æ 2. & 3. v.
Thyeſſus in Lydia.
Thyrea in Argolide.
Thyrreum in inſula Leucade.
Tiati, ſ. Teate in Italia, Æ 2. & 3. R.
Tiberiopolis in Phrygia, Æ 2. Rr.
Ticinum in Italia ſupera.
Timolis in Ponto Galatico.
Timonium in Paphlagonia.
Tindium in Lydia
Tirida in Thracia, Ar. 3. Rrr.
Tium in Bithynia.
Tmolus in Lydia.
Toletum in Hiſpania Tarracon.
Tomi in Mœſia, Æ 3. v.
Tornacum in Gallia Belgica.
Torone in Macedonia, Æ 3. Rrr. *Goltz.*
— — in Thracia.
Traducta Hiſp. Julia trad. etc. Imp.
Trælium in Macedonia.
Traianopolis Phrygiæ.
— — — in Thracia.
Tralles in Lydia, Ar. 2. & Æ 3. R.
Trapezopolis in Caria.
Trapezuntum in Ponto Galatico.
Trapezus in Cappadocia, Æ 3. Rr.
Tremitopolis in Cypro, Æ 3. Rrr. *Goltz.*
Triadizza in Mœſia, Æ 3. R.
Tricca in Theſſalia, Ar. 3. Rr.
Trichonium in Aetolia, Rrr. *Goltz.*
Tricola in Sicilia, Ar. 3. Rrr.
Trimenothyræ in Phrygia.
Trimenotyra in Myſia, Rrr.
Tripolis in Caria, Æ 2. & 3. v. ΤΡΙΠΟΛΕΙΤΩΝ.

Tripolis in Phœnicia, Æ 2. & 3. v. ΤΡΙΠΟΛΙΤΩΝ.
Troas in Troade, Æ 3. R.
Troezene in Argolide, Æ 3. Rrr.
Tucci in Hiſpania Baetica.
Tuder Vmbriæ in Italia media, Ar. 3. Rrr. Æ 3. v.
Turiaſo Municipium in Hiſpan. Tarracon.
Turones in Gallia Aquitanica, Æ 3. Rrr.
Tyana in Cappadocia.
Tyanum in Bithynia, Æ 3. Rr.
Tylis in Thracia (l. potius in Creta), Rrr.
Tyliſſus in Creta.
Tyndaris Siciliæ, Ar. 3. & Æ 3. R.
Tyracina Siciliæ.
Tyrana in Thracia, Rrr.
Tyrus in Phœnicia, Ar. 2. v. Æ 3. v.

Vaga Numidiæ.
Valentia in Hiſpania Tarracon. Æ 2. Rrr.
— — in Italia (antea Hippone), Ar. 3. Rrr. Æ 3. v.
Veitheſa, vid. Peitheſa.
Velatri Etruriæ.
Velia in Italia, Ar. 2. & 3. vv. Æ 2. & 3. vv.
Venafrum in Italia, Æ 2. Rrr.
Ventippo in Hiſpania, Æ 2. Rrr.
Verulamium in Britannia, Ar. 3. & Æ 3. Rrr.
Veſtini in agro Piceno Italiæ mediæ.
Vetulonia in Etruria.
Vgia in Hiſpania Baetica.
Vienna Colonia in Gallia Narbon.
Virodunum in Gallia Belgica.
Viſontium in Hiſpania Tarracon.
Vlia in Hiſpania, Æ 2. R.
Vmbria in Italia media.
Volaterra in Etruria, Æ 2. v.
Volcæ Arecomici in Gallia Narbon. Ar. 3. & Æ 3. Rrr.
Vranopolis in Macedonia.
Vria in Apulia, Ar. 3. Rrr.
— — in Calabria, Ar. 3. v. Æ 3. Rr.
Vrſentum in Lucania.

E 2   Vrſo

Vrfo in Hifpania, Æ 2. Rrr.
Vthina in Italia, Æ 3. Rrr.
Vxentum in Calabria.

Xanthus in Lycia.

Ydrontum Apuliæ.
Yletæ Cypri,
Yrcani Cypri.
Ypæpa in Lydia,

Zacynthus infula, Ar. 3. & Æ 3. v.
Zancle, l. Meffana, Ar. 3. Rrr. Havercamp.
 Arigoni.
Zanthus in Lycia.
Zephalis, f. Cœphalis in Sicilia, Æ 3. Rrr.
Zephyri in Locride, Ar. 3. Rrr. Goltz.
Zephyrium in Bruttiis.
 — — in Cilicia.
Zeugma in Syria, Rr. Goltz.

No. II.

JOANNIS PINKERTONII

NOTITIA

RARITATIS NUMORUM GRAECORUM &c.

SUB REGIBUS CUSORUM,

SECUNDUM CHRONOLOGIAM.

COMPENDIA SCRIBENDI eadem funt, quae in antecedentibus, excepto numo- rum argenteorum valore, huncce in modum figuificato:

tetr. fignificat numum tetradrachmalem.

didr. ———— ——— didrachmalem.

dr. ———— ——— drachmalem.

hemidr. ——— ——— hemidrachmalem.

o ——— ——— non inueniri.

MACEDONIA.

Regnum Macedoniæ annos circiter feptingentos nonaginta quatuor ante aeram Chriftia- nam a Carano condi'um elt. Numi neque de eo, neque de eius fuccefforibus, Cœno, Thurima, Perdicca, Argeo. Philippo I., Aeropo, Alceta, Amynta I. extant. Quorum vltimo numi quidem ænei cum AMIMTꟻY. M. tributi funt; *Erasmus Froelichius* autem illos ad Gala- tiæ regem, Amyntam, refert. Forma quadrata literæ o fine dubio tam parum tantam eius an- tiquitatem probat, vt numum illum porius circa Chriftianorum aeram nuinis ad Arfacidurum formam cufis annumerari poffe exiftimem. Et Amyntæ quoque tempora eam ob caufam hi numi attingere non poffunt, quod neque formas incifas, neque alias antiquiorum temporum notas, habent.

Alexander I. regnum fufcepit anno 501. ante Chriftum natum. Ar. tetr. numus permagnus Rrrr. dr. Rrrr.

· Perdiccas I. 458. Ar. hemidr. Rrrr. in *Hunteri* Collectione ΠΕΡΔΙΚ.

Archelaus I. 430. Adu. Caput eius; Au. Equus gradiens. Ar. tetr. magnitudine ordinaria. Rrr. dr. Rr. Æ 2. Rrr.

Oreftes, 406. o.

Archelaus II. 403. Ar. tetr. cum Joue in Adu. ΑΡΧΕΛΑΙΥ, tribuitur Archelao I. ad cumque pertinere videtur. Rrrr.

Paufanias, 398. Ar. tetr. Rrrr. nifi vnicus, in Mufeo Dr. *Hunteri*.

Amyntas II. vel III. (III. fi Amyntam Philippi filium putamus), 389. Ar. tetr. Rr. ΒΑΣΙΛΕΟΣ ΑΜΥΝΤΟΥ — Æ 2. ΑΜΥΝΤΑ vel ΠΥΔΝΑΙΟΝ. Rr. — Æ 3. fine capite. *) Rrr.

Alexander II. 370. ΑΛΕΞΑΝΔΡΟΥ, equus, Ar. tetr. Rrr. Æ 3. Rr.

Ptolemæus Alorites, 369. ΠΤΟΛΕΜΑΙΟΥ ΑΛΟΡΙΤ. Ar. didr. Rrr.

Perdiccas II. 366. ΠΕΡΔΙΚΚΟΥ, equus; ΒΑΣΙΛΕΟΣ ΠΕΡΔΙΚΚΟΥ, claua. Æ 2. Rrr. Leo.

Philippus II. vel vt alii, III. plerumque Philippus Macedo vocatus, 360. AV. didr. v. — AV. hemidr. Rr. — Ar. tetr. & dr. v. — Æ 2. & 3. v. ΒΑ. Φ. i. e. ΒΑΣΙΛΕΟΣ ΦΙΛΙΠΠΟΥ &c.

Olympias, vt putatur; caput eius fine vlla infcriptione. Au. Vir, equo infidens, absque infcriptione. Æ 1. Rrr. — cum ΟΛΥΜΠΙΑ ΒΑΣΙΛΙΣΣΑ. Rrrr.

Alexander M. 334. AV. tetr. Rr. — AV. didr. v. — AV. hemidr. Rr. — Ar. tetr. v. — Ar. didr. Rrr. — Ar. dr. v. — Ar. hemidr. cum cap. eius. Rrrr. Æ 2. & 3. v.

Philippus Aridæus, Alexandri frater, 322. ΒΑΣΙΛΕΟΣ ΦΙΛΙΠΠΟΥ, Alexandro fimillimus, fecundum *Er. Froelich.* AV. didr. & hemidr. Rrr. — Ar. tetr. & dr. Rr. — Æ 3. Rr. *Haymius* temere, vt folet, numum cum ΒΑ. ΑΡ. Aridæo tribuit, qui fine dubio Archelai II. eft.

Caffander, 315. Æ 2. & 3. R.

Antigonus, 296. ΒΑΣΙΛΕΟΣ ΑΝΤΙΓΟΝΟΥ. Æ 2. Rrr.

Antipater, 296. ΒΑΣΙΛΕΟΣ ΑΝΤΙΠΑΤΡΟΥ, Æ 2. & 3. Rr.

Demetrius Poliorcetes, 292. ΒΑΣΙΛΕΟΣ ΔΗΜΗΤΡΙΟΥ, interdum ΣΟΤΗΡΟΣ, Ar. tetr. &c. Rr. Æ 3. fine cap. Rrr.

Lyfimachus, 286. AV. tetraftater vel octodrach. Rrr. — AV. tetradrachm. Rr. — AV. didr. R. Ar. tetradr. v. — Ar. dr. v. — Ar. hemidr. Rrrr. in Au. leo, Dr. H. fine arietis cornu & cum vera eius effigie — Æ 2. & 3. R.

Ptolemæus Ceraunus, 281. Ar. ΒΑΣΙΛΕΟΣ ΠΤΟΛΕΜΑΙΟΥ ΚΕΡΑΥΝΟΥ, (Caput Alexandri) Rrr. dub.

Melea-

*) Si caput Principis cuiusdam in eius numis maxime vulgare eft, eius a nobis mentio non fit, fed, fi fine eo eft, notatur.

Meleagros, 280. ΒΑΣΙΛΕΟΣ ΡΟΥ ΜΕΛΕΑΓΓΟΥ, AV. Rrrr. — Æ 3. Rrrr.

Antipater, 280. ΒΑΣΙΛΕΟΣ ΑΝΤΙΠΑΤΡΟΥ, AV. Rrrr.

Sosthenes, 280. ΒΑΣΙΛΕΟΣ ΣΟΣΘΕΝΟΥ, (Protome Alexandri), Ar. Rrrr.

Antigonus Gonatas, 278. ΒΑΣΙΛΕΟΣ ΑΝΤΙΓΟΝΟΥ ΓΟΝΑΤΟΥ, Ar. tetr. Rr. Æ 3. Rr.

Demetrius II. 242. Ar. tetr. Rr. Æ 3. v.

Antigonus III. Doson, 232. ΒΑΣΙΛΕΟΣ ΑΝΤΙΓΟΝΟΥ, (caput Panos), AV. didr. Rrr. — Ar. tetr. Rrr. Æ 3. R.

Philippus III. vel IV. 219. (facies M. Antonio similior, dissimillima Philippo II. vel III.) Ar. tetr. Rrr. — Ar. didr. Rrr. — Æ 2. & 3. Rr.

Perseus, 177. Ar. tetr. Rrr. Æ 2. R. — c. capite, Rrr. Æ 3. R.

S I C I L I A.

Gelo, primus Syracusarum rex, ante Christum 491. ΓΕΛΩΝ. AV. Rrr. — Ar. didr. & dr. R. — Æ 3. v.

Thero, rex Agrigenti, 480. ΘΕΡΟ, sine capite Æ 3. Rrr.

Hiero I. 478 — 467. AV. dr. v. sine cap. — Æ 1. & 2. v. v.

Dionysius I. 404. ΔΙΟΝΥΣΙΟΥ, AV. Rrr. sine cap. — Ar. R. sine cap. — Æ 3. cum cap. l. sine illo, Rrr. — Stanneus numus, tetrachmali magnitudine.

Dionysius II. 368. Ar. R. Æ. Rrr.

Philistis. Aera eius & regnum certo constitui non potest, sed, eam Siculorum cuiusdam regis vxorem fuisse, verisimillimum est; Hieronis I. forsan. Ar. tetr. R. dr. Rrrr.

Mamercus, circiter 360. ΜΑΜΕΡ. Æ 3. Rrr. Vtrum eius, an Mamertinorum ciuitatis sit numus, dubium est.

Agathocles, 314. AV. didr. Rr. sine cap. — Ar. tetradr. Rr. sine capite — Æ 2. & 3. sine cap. vv.

Phintias, Agrigentinorum tyrannus, circiter 300, Æ 2. & 3. R.

Icetas Syracusanus, 280. ΕΠΙ ΙΚΕΤΑ, AV. didr. Rr. — Ar. Rr. sine capite.

Hiero II. 275 — 215. non ipsius, sed Jouis, Neptuni, aut Cereris caput in eius numis reperitur Ar. didr. Rr. — Æ 2. & 3. vv.

Hieronymus, 214. semper fere fulmen in Au. AV. didr. Rrr. — Ar. didr. Rrr. — Æ 2. & 3. R.

CYPRUS.

CYPRUS.

Euagoras, circiter 400. ΒΑΣΙΛΕΟΣ ΕΥΑΓΟΡΟΥ. ΚΥΠΡΙΩΝ, Ar. Rrrr.
Anno 332. regno Alexandro M. traditum.

CARIA.

Hecatomnus, 391. AR. didr. Rrr. fine cap. — Ar. dr. Rrr. fine cap.
Maufolus, 381. Ar. didr. Rrr. fine eius cap. fed cum plena Apollinis facie.
Artemifia. o.
Idrieus, 355. ΙΔΡΙΕΟΣ, Ar. didr. Rrr. Æ. 2. Rrr.
Ada. o.
Pexodarus, circiter 340. ΠΕΞΟΔΑΡΟΥ, Ar. didr. Rrr. fine cap. — Ar. dr. Rrr. fine cap.
Theontopates, 337. Ar. didr. Rrr.

PAEONIA.

Audoleon, 350. Ar. tetr. Rrr. — Ar. dr. Rrrr. — Æ 3. Rrrr. tantum Rr. in Germania.
Neumann.

HERACLEA PONTICA.

Timotheus Dionyfus, circiter 356. (v. *Phot.* Bibl. p. 703.) ΤΙΜΟΘΕΟΥ ΔΙΟΝΥΣΟΥ, Ar. hemidr.
Rrrr.
Amaftris, circiter 340. ΑΜΑΣΤΡΙΟ ΒΑΣΙΛΙΣΣ. Rrrr. *Spanheim.*

EPIRUS.

Alexander Neoptolemi filius, 326. ΑΛΕΞΑΝΔΡΟΥ ΤΟΥ ΝΕΟΠΤΟΛΕΜΟΥ, AV. didr. & hemidr. — Ar.
tetr. & dr. Rrr. — Æ 3. ΑΛΕΞΑ. ΤΟΥ. ΝΕ. Rrrr. (fine cap. fed fulmen in corona laurea, AV.
aquila)

aquila). Numus didr. AV. arte mirabili confectus, caput Jouis Dodonæi habet; Hemidr. AV. plenam Apollinis faciem.

Pyrrhus, 278. AV. dr. Rrr. fine cap. — Ar. didr. Rr. fine cap. — Æ 3. R. *Goltzius* in eius Sicilia &c. numum Pyrrhi argenteum cum eiusdem capite & inscriptione: ΘΕΣΠΡΟΤΙΩΝ affert.

Pthias, Pyrrhi mater. Æ 2. v.

AEGYPTUS.

Cum fuccessores Alexandri regna ab eo capta & expugnata inter se diuififfent, Ptolemæus Aegyptum, Seleucus Syriam, Antigonus Afiam minorem habuit.

Aquilam in omnibus fere Aegypti regum numis Auersa habet. Tempus regni per L. notatum. In numis tetradrachmalibus argenteis plerumque hoc fit, in æneis raro, qui hanc ob aufam non facile genuini putantur, ideoque magni pretii non funt.

Ptolemæus I. Soter 323. ΒΑΣΙΛΕΟΣ ΠΤΟΛΕΜΑΙΟΥ, AV. tetr. Rrr. didr. Rr. cum curru ab elephantibus vecto, Rrrr. AV. hemidr. Rr. — Ar. tetr. interdum ΣΩΤΗΡΩΣ. v. Ar. didr. R. — Æ 1. 2. & 3. v. Numi Aegyptiorum maximi moduli cum Ptolemæo I. incipiunt & Ptolemæorum numi esse imprimis videntur.

Berenice, eius vidua, in Av. Ptolemæi I. Æ 2. et 3. Rr. — fola in AV. tetr. Rrr. — AV. hemidr. Rr. — Æ 1. & 2. Rr. Æ 3. Rrr.

Ptolemæus II. Philadelphus, 282. AV. tetr. ΘΕΩΝ ΑΔΕΛΦΩΝ cum patris & matris, Ptolemæi I. & Berenices, capitibus; altera ex parte cum ipfius & Arfinoes, Rr. — AV. didr. fimil. Rrr. — Ar. tetr. & Æ 3. R. cum ΦΙΛΑΔΕΛΦΟΥ, Rrr. — Æ 2. cum patre, & prima vxore, Lyfimachi filia. Rrr.

Arfinoe, AV. tetr. R. ΑΡΣΙΝΟΗΣ ΦΙΛΑ.

Magas, regnum Cyrenes, quod frater eius Ptolemæus Philadelphus habuit, vfurpans. Æ 3. Rrrr. *Neumann.* In Auersa Ptolemæi ante hanc vfurpationem. Æ 3. Rr.

Ptolemæus III. Euergetes, 245. Ar. Rrrr. — Æ 3. cum ΕΥΕΡΓΕΤΟΥ. Rrr.

Berenice, eius vidua, Æ. 3. Rrr.

Ptolemæus IV. Philopator, 226. AV. tetr. Rrr. — Æ 2. ΦΙΛΟΠΑΤΟΡΟΣ, Rrr. — Ar. didr. Rr.

Arfinoe eius vidua. AV. tetr. Rrr. ΑΡΣΙΝΟΗΣ ΦΙΛΟΠΑΤΡΟΣ.

Ptolemæus V. Epiphanes, 204. Ar. tetr. Rr. plerumque cum ΠΑ. vel ΣΑ. Quæ quidem literæ per *Paphos* & *Salamis* explicantur; ciuitates fuerunt Cypri, infulæ, Aegypti imperio fubiectæ.

Cleopatra I. eius vidua. Æ 3. Rrr.

Ptolemæus VI. Philometor, 180. ΘΕΟΥ ΦΙΛΟΜΗΤΟΡΟΣ, Ar. tetr. Rrrr. *Vaillantius*, viginti nu-
    mis coronatis aureis (circiter decem libris Sterlingicis) pretio eius temporis permagno, hunc
    numum emiffe narrat. Æ 1. 2. & 3. tantummodo Jouis caput habere putat.

Ptolemæus VII. Phyfcon, 169. Ar. tetr. Rrr.

Cleopatra II. eius vidua, ΒΑΣΙΛΙΣΣΗΣ ΚΛΕΟΠΑΤΡΑΣ. Av. aquila & cornu copiæ, Æ 3. Rrr.

Ptolemæus VIII. Lathyrus, 119. Ar. tetr. R. numus dubius, Æ 3. R. dub.

Selene, vel Cleopatra III. eius vxor ΒΑΣΙΛΙΣΣΗΣ ΣΗΛΗΝΗΣ. Æ 3. Rrrr.

Ptolemæus IX. Alexander, 109. ΠΤΟΛΕΜΑΙΣ ΒΑΣΙΛΕΟΣ. Ar. tetr. Rrrr. dub.

Cleopatra IV. Ptolemæi IX. vidua, & Aegypti regina, ΒΑΣΙΛΙΣΣΗΣ ΚΛΕΟΠΑΤΡΑΣ, elephant
    pelle induĉta, cum probofcide fuper fronte, Æ 3. Rr. — Æ 2. cum puerulo in finu, vt Ve-
    nus et Cupido. Rrr.

Berenice Aegypti regina, contra Ptolemæum IX, ΒΑΣΙΛΙΣΣΗΣ ΒΕΡΕΝΙΚΗΣ, Av. cornucopiæ
    in cuius vtraque parte ftella, cum litera E. Æ 3. Rrrr.

Ptolemæus X. (Alexander II.) 77. Ar. tetr. Rrrr. ΑΛΕΞΑΝΔΡΟΥ. Pelle leonina indutus eft. Av.
    Aquila. dub. — Æ 3. Rrr.

Ptolemæus XI. Auletes, 72. AV. tetr. & didr. Rrrr. Neptuni fpecie cum tridente apparet. —
    Æ 3. Rrr. dub.

Berenice III. Auletis filia, ΒΑΣΙΛΙΣΣΗΣ ΒΕΡΙΝΙΚΗΣ, Av. cornu copiæ, ΒΑΣΙΛΕΟΣ ΠΤΟΛΕ
    ΜΑΙΟΥ, Æ 2. Rrr. — Æ 3. Rr.

Ptolemæus XII. Dionyfus, Ar. tetr. Rrrr. vt Bacchus cum corona hederacea & thyrfo. AV. tetr
    cum corona radiata & jaculo. Rrrr. — Æ 3. Rr.

Ptolemæus XIII. Ar. tetr. Rrrr. cum ME loco *Memphis* — Dr. *Combe* numum tetradrachma-
    lem aureum cum cornu copiæ in Av. et cum literis NI in area, ei tribuit.

Cleopatra V. 42. Ar. tetr. in Av. Antonii Rr. — In Denariis Romanis Antonii. R. — Æ 1. & 2
    græc. in Av. aquila, Rrr. — Æ 3. græc. in Av. Antonii Rrr. — Æ 1. latin. cum Antonio
    Rrr. — Æ 3. latin. cum Antonio. Rr.

SYRIA.

Seleucus I. Nicanor, 310. ΒΑΣΙΛΕΟΣ ΣΕΛΕΥΚΟΥ. AV. Rrrr. — Ar. tetr. v. Ar. dr. R. — Æ 2.
    3. v. In eius numis interdum plena facies cum duobus cornibus cernitur.

Antiochus I, Soter, 281. ΒΑΣΙΛΕΟΣ ΑΝΤΙΟΧΟΥ, AV. didr. Rrr. — Ar. tetr. R. Ar. dr. Rrr
    — Æ 2. & 3. v. ferratus, aut cum elephanto in Av. Rr.

Str

ratonice eius vidua (capite velato, & cum ΒΑΣΙΛΕΟΣ ΑΝΤΙΟΧΟΥ,) Æ 2. Rrr.

ntiochus II. Theos, 259. AV. tetr. Rrrr. — Ar. tetr. ΒΑΣΙΛΕΟΣ ΑΝΤΙΟΧΟΥ. Av. tripus v. — Æ 3. R.

eleucus II. Callinicus, 244. AV. Rrrr. — Ar. tetr. R̄. — Æ 2. & 3. in Av. Apollo, cum equo, feu Pegafo. R.

eleucus III. Ceraunus, 226. AV. didr. Rrr. — Ar. tetr. & Ar. didr. Rrr. — Æ 2. & 3. Rrr. (cum Caftore & Polluce, qui falfo Seleucus & frater eius Antiochus III. nuncupantur.)

ntiochus III. Magnus, 222. AV. tetr. Rrrr. — Ar. tetr. Rrr. Ar. dr. Rrr. — Æ. 2. & 3. cum ΜΕΓΑΛΟΥ. Rrr.

rchæus III. Æ 3. Rrrr.

eleucus IV Philopator, 187. Ar. tetr. Rrrr. — Æ 2. & 3. v. ΣΕΛΕΥΚΟΥ; in aliis ΦΙΛΟΠΑΤΟ-ΡΟΣ. Rrr.

ntiochus IV. Epiphanes, 174. Ar. tetr. Rr. cum PO. Ar. dr. Rrr. hemidr. Rrrr. — Æ 2. & 3. v. in Av. plerumque aquila, vt Aegypti rex, cum nomine vrbium, e. g. Antiochiæ, Tyri, Sidonis, Ptolemaidis.

ntiochus V. Eupator, 164. femper cum ΕΥΠΑΤΟΡΟΣ. Ar. tetr. & dr. Rrr. — Æ 3. Rrrr.

emetrius I. Soter, 162. interdum cum ΦΙΛΟΠΑΤΟΡΟΣ ΣΟΤΗΡΟΣ, fæpe cum ΤΥΡΕΩΝ, Ar. tetr. & dr. v. — Æ 2. & 3. v.

lexander I. Bala, 150 Ar. tetr. & dr. Rr. — Ar. hemidr. Rrr. — Æ 2. & 3. v. Tempus ple-rumque in Av. notatur, quod in Alexandri M. numis fieri non folet; in quibusdam etiam vrbium nomina inueniuntur. Interdum habent ΦΙΛΟΠΑΤΟΡ ΕΥΕΡΓΕΤΗΣ — Æ 3. Jonatha-nis in Judæa. Rrr. fine cap.

leopatra, eius vidua; in Av. elephas, cum ΒΑΣΙΛΕΟΣ ΑΛΕΞΑΝΔΡΟΥ, Æ 3. Rrr.

emetrius II. Nicator, 145. ΒΑ. ΔΗ. ΤΥΡΙΩΝ, ΘΕΟΥ ΝΙΚΑΤΟΡΟΣ, f. ΦΙΛΑΔΕΛΦΟΥ, vel vtrumque; & cum epocha. Ar. tetr. et dr. v. — Æ 2. & 3. v.

ntiochus VI. *) Theos, 144. ΕΠΙΦΑΝΟΥ, ΔΙΟΝΥΣΟΥ, Ar. tetr. Rrr. Ar. dr. v. Ar. hemidr. R. — Æ 3. v. coronam habet hederaceam.

ryphon, 144. Ar. tetr. & dr. Rrr. — Æ 3. v.

ntiochus VII. Sidetes, 140. plerumque ΕΥΕΡΓΕΤΟΥ, Ar. tetr. R. Ar. dr. Rr. — Æ 3. v.

leopatra, eius vidua, primum Demetrio II. nupta, Æ 3. Rrr. Av. Taurus, cum literis fpar-fis; infra fæpe POE vel POΔ.

lexander II. Zebenna, 127. Ar. tetr. Rr. dr. Rr. hemidr. Rrr. — Æ 3. R. fæpius radiatus cum cornu copiæ & temporis nota in Av.

eleucus V. 121. Numi illius non inueniuntur.

Antio-

*) VAILLANTIVS hunc numum Antiocho XII. & illius numum huic tribuit. Sed v. FROELICH. Annales Syriæ.

Antiochus VIII. Gryphus, 120. AV. Rrrr. plerumque, cum ΕΠΙΦΑΝΟΥ — Ar. tetr. cum Cleopatra, eius matre Rrr. — alius fine cap. v. excepto numo hemidrachmali, Rr, — Æ 3. v. cum Cleopatra. Rrr.

Tryphena, eius vxor, Ar. in Av. ΚΟΜΜΑΓΗΝΩΝ, alce, Rrrr. — Æ 3. in Av. caput elephanti, ΒΑΣΙΛΕΟΣ ΑΝΤΙΟΧΟΥ, Rrrr.

Antiochus IX. Cyzicenicus, 112. in numis ΦΙΛΟΠΑΤΟΡΟΣ, Ar. tetr. R. dr. Rrr. — Æ 2. & 3.

Selene, eius vidua, ΒΑΣΙΛΙΣΣΗΣ ΣΗΛΗΝΗΣ in Av. aquila. Numus hic cusus, cum primum nupta effet Ptolemæo Lathyro, fratri. Rrr.

Seleucus VI. 94. femper cum ΕΠΙΦΑΝΟΥ ΝΙΚΑΤΟΡΟΣ. Ar. tetr. Rr. Ar. hemidr. Rrr. — Æ 3.

Antiochus X. Eufebes, 93. ΕΥΣΕΒΟΥ, five ΦΙΛΟΠΑΤΟΡΟΣ, vel vtrumque. Ar. dr. Rrr. — Æ 3. Rr.

Antiochus XI. 92. ΕΠΙΦΑΝΟΥ ΦΙΛΑΔΕΛΦΟΥ, Ar. tetr. Rrr. — Æ 3. Rrr.

Philippus, 91. Ar. tetr. Rr. ΕΠΙΦΑΝΟΥ ΦΙΛΑΔΕΛΦΟΥ — etiam Æ 2. cum Demetrio III. fratre. Rrr. ΤΡΙΠΟΛΙΤΩΝ ΕΤ, ΚΕ. — Æ 3. Rrr. ferratus. Av. Fulmen cum ΔΙ.

Demetrius III. Euchares, 90. ΦΙΛΟΜΗΤΟΡΟΥ ΕΥΕΡΓΕΤΟΥ, vel ΚΑΛΛΙΝΙΚΟΥ, Æ 3. Rrr. — Ar. tetr. Rrr.

Antiochus XII. (a Jofepho Dionyfus falfo vocatus) 85. ΘΕΟΥ, ΕΠΙΦΑΝΟΥ, ΝΙΚΕΦΟΡΟΥ, Ar. Rrr. — Æ 3. v. *Vaillantius* hunc numum Antiocho VI. tribuit.

Tigranes, Armeniæ rex, 81. Ar. tetr. Rrrr. Ar. dr. Rrrr. — Æ 2, & 3. Rrr.

Tigranes, filius. Av. Eius foror. Æ 3. numus vnicus, in Dr. *Hunteri* collectione exftans.

Antiochus XIII. Afiaticus, 61. ΕΡΙΦΑΝΟΥ, ΦΙΛΟΠΑΤΟΡΟΥ, ΚΑΛΛΙΝΙΚΟΥ, Æ 3. R.

ASIA MINOR.

Antigonus, 309. Æ. 2. Rrr.

Demetrius Poliorcetes, 298. Ar. tetr. Rr. — Æ 3. Rr. fine cap.

SPARTA.

Areus, 309. Ar. tetr. Rrrr. Antigoni, Demetrii filii, tempore vixit. *Paufan.* III. 6.

Ita etiam numus Patrei, Spartanorum regis, Patris cufus extat. Fuit ille Patreus conditor Aroës Patrenfis. Ar. Rrr.

PERGAMUS.

PERGAMUS.

Philetærus, rex primus, 280. Ar. tetr. R. — Ar. didr. Rrrr. Æ 3. Rr.

Eumenes III. 155. Ar. Rrrr.

Attalus III. 130. Ar. Rrrr.

CASSANDRIA.

Numus ex hoc regno vnus tantum cognitus eft, ille nimirum, qui in Dr. *Hunteri* colle-ctione reperitur: ΒΑΣΙΛΕΩΣ ΑΠΟΛΛΟΔΟΓΟΥ, eques; Av. Leo. Hic rex Apollodorus Antigoni Gonatæ, Macedonum regis, tempore, 278 annos ante Chriftum, floruit.

PARTHIA vel ARSACIDAE.

Numorum Parthicorum pauciffimi certo poffunt cuidam tribui; Arfacis enim nomen in maxima ibi regnantium parte inuenitur, & nonnifi periodus valde fera iis videtur effe conftituta. Imperium hoc ab Arface I., qui Parthiam a Syrorum rege, Antiocho II. liberauit, anno 253 conditum, ab Alexandro M. expugnatum, & a fucceffuribus eius obtentum eft. v. *Zofim.* Lib. I. & *Juftin.* Lib. XLI. *Vaillantii* ordinem, quamuis maxime dubium, fequamur.

Arfaces I. 253. Ar. tetr. Rrrr. ΒΑΣΙΛΕΩΣ ΒΑΣΙΛΕΩΝ ΑΡΣΑΚΟΥ ΕΥΕΡΓΕΤΟΥ ΕΠΙΦΑΝΟΥ ΦΙΛΕΛ-ΛΗΝΟΥ, valde dubius.

— — II. Tridates, 233. addito cognomine ΔΙΚΑΙΟΥ, Ar. tetr. Rrr. dubius.

— — III. Artabanes, 196. idem, quod antecedens, habet cognomen. Ar. tetr. Rrrr. dubius.

— — IV. Phriadatius. o.

— — V. Phrahates. o.

— — VI. Mithradates, cognomen eius vt fupra, Ar. dr. Rrrr. dub.

— — VII. Phrahates II. cognomen ΞΕΝΙΟΥ vel ΜΕΓΑΛΟΥ, loco ΔΙΚΑΙΟΥ habet, Ar. dr. Rr. dub.

— — VIII. Artabanes II. o.

— — IX. Mithradrates II. eadem cognomina, Ar. dr. Rr. dub.

— — X. Mnaskires, eadem cognomina, Ar. dr. Rrrr. dub.

— — XI. Sinatroces, inter alia etiam ΘΕΟΠΑΤΟΡΟΣ cognomine venit, Ar. dr. Rrrr. dub.

— — XII. Phrahates III. inter alia ΘΕΟΥ, Ar. dr. Rrrr. dub.

Arſaces XIII. Mithradates III. inter alia ΔΙΚΑΙΟΥ, Ar. dr. Rrr. dub.

— — XIV. Orodes, qui Craſſum occidit, ΝΙΚΑΤΟΡΟΣ, Ar. dr. Rrr. dub.

— — XV. Phrahates IV. Aera prima anno 22. ante C. N. reſpondere videtur. ΕΠΙΦΑΝΟΥΣ, Ar. dr. Rrr.

⸺ — XVI. Phrahataces. o.

— — XVII. Orodes II. o.

— — XVIII. Vonones I. Ar. dr. Rrr.

— — XIX. Artabanes III. Ar. dr. Rrr.

— — XX. Gotarces, Ar. dr. Rrr.

— — XXI. Bardanus, ΠΑΝΑΡΙΣΟΥ, Ar. dr. Rrr.

— — XXII. Vonones II. ΜΗΤΡΑΗΤΟΥ, Ar. dr. Rrr.

— — XXIII. Vologeſes I. poſt Chriſtum 52. ΒΟΛΑΣΑΚΟΥ, ſine ΑΡΣΑΚΟΥ, primo tempore, A▮ tetr. Rrrr. cum nota temporis ΤΗ. 308. ſecundum Arſacidarum æram.

— — XXIV. Pacorus, A. C. 99. Ar. dr. & Æ 3. Rrr. nota temporis ΕΝΤ. 355.

— — XXV. Choſroes, A. C. 118. a Traiano victus, Æ 3. Rrrr. ΔΟΤ. 374.

⸺ — XXVI. Moneſes, A. C. 160. *) ΜΟΝΝΗΣΟΥ, ex metallo *billon* vocato, Rrrr. ΥΚΒ. 422.

⸺ — XXVII. Vologeſes II. A. C. 167. Ar. dr. Rrr. — Æ.2. Rrrr. ΓΚΥ, 423.

— — XXVIII. Vologeſes III. A. C. 195. ΒΟΛΑΣΑΚΟΥ, etiam cum ΦΙΛΕΛΛΗΝΟΥ, Ar. tetr. Rṛ ΑΝΥ. 451.

— — XXIX. Artabanes IV. 215. Æ 3. Rrrr. ΑΟΥ. 471, vel ΠΥ 480.

Artaxerxes, Perſarum rex, qui Artabanem IV. vicit, 235. Ar. tetr. Rrrr. ΑqΥ. 491.

Sapor, 264. qui Valerianum (Imp. Rom.) vicit & cepit, ΒΑΣΙΛΕΟΣ ΒΑΣΙΛΕΩΝ ΑΡΣΑΚΟΥ ΜΕΓΑ▮ ΛΟΥ ΙΙΦ. 508. Ar. vilis tetr. Rrrr.

Nunc Saſſanidæ, vel Perſarum reges ſequuntur, ſed, characteribus vel literis in numis eo▮ rum ignotis, ordine eos recenſere non poſſumus. In D. *Hunteri* cimelio eorum viginti duo aṛ gentei, & ſeptem numi ænei ſecundi moduli extant.

CAPPADOCIA.

Ariarathes V. ante C. N. 233. ΕΥΣΕΒΟΥ, AV. Rrr. — Ar. dr. R.

Ariarathes VI. mortuus eſt anno 130. ante C. N. pro Romanis contra Ariſtonicum pugnans Juſtinus L. 37. ΕΠΙΦΑΝΟΥ, Ar. dr. Rrrr. *Frœlichius* hunc numum antecedenti, & illum huic, tribuit.

Arḭ

*) VAILLANTIUS Vologeſem II. ante Moneſem collocat & FRŒLICHIUS ſecutus eſt.

Ariarathes VIII. 96. ΦΙΛΟΜΗΤΟΡΟΣ. Ar. dr. Rrrr.

Ariarathes IX. 93. ΕΥΣΕΒΟΥ ΚΑΙ ΦΙΛΑΔΕΛΦΟΥ. Ciceronis tempore vixit, qui eius in fratrem amorem prædicat. Epift. ad Diuerf. XV. 2. Ar. dr. R.

Ariobarzanes, 63. Ar. dr. Rr.

Archelaus, 33. ΦΙΛΟΠΑΤΟΡΟΣ. Av. claua, Ar. dr. Rrr.

PAPHLAGONIA.

Pylæmon commune Paphlagoniæ regum nomen fuit, quare certo dici non poteft, cui illorum numi fint tribuendi.

ΒΑΣΙΛΕΟΣ ΠΥΛΑΙΜΕΝΟΥ ΕΥΕΡΓΕΤΟΥ. Æ 2. Rrr. fine cap.

THRACIA.

Regna Thraciæ, Ponti & Bofpori Cimmerii, circa Pontum Euxinum fita, & non longo interuallo a fe inuicem feparata, eidem fæpe paruerunt principi. Quare fucceffio illorum fæpe mixta & feparatu difficilis, inprimis duæ vltimæ, quæ eandem ob caufam vt vnum imperium confiderantur.

Horum trium regnorum reges, vt & Bithyniæ, Achemenidæ nominantur, quoniam omnes fibi communem ab Achæmene heroe, Perfei filio, originem vindicant.

Cary, qui librum magni momenti de hiftoria regum Thraciæ, Ponti & Bofpori (Parif. 1752. 4to) edidit, inprimis in parte chronologica fequendus eft.

Ceraunus, rex Thraciæ, Ptolemæus Ceraunus Macedo, Æ 2. R. cum cap. Rrr.

Seuthes IV. circiter 200 ante C. N. ΣΕΤΘΟΥ, Æ 2. Rr.

Cotys III. 57. ante C. N. ΚΟΤΥΟΣ, aquila, Æ 3. Rrrr.

Sadalas, f. Adalas, 48 ante C. N. ΣΙΛΕΟΣ — ΑΔΑΛΟΥ, Æ. 3. Rrrr.

Cotys IV. rex ab Augufto dictus, 29 ante C. N. Æ 3. Rrr.

Rhæmetalces I. 16 ante C. N, in Av. Augufti. Æ 3. Rrr.

Cotys V. ΒΑΣΙΛΕΥΣ ΚΟΤΥΣ. Av. Victoria, ΒΑΣΙΛΕΟΣ ΡΑΣΚΟΥΠΟΡΙΔΟΣ, Æ 3. Rrr.

Rhefcuporidis numus idem eft

Cotys V. & Rhescuporis vna regnarunt. Sapæorum, in Græciæ confinio, regnum habuit Cotys, Rhescuporis feptentrionali parti Thraciæ præfuit. Eorum hiftoriam v. in *Taciti* L. II. c. 65. & *Cary*.

Rhæ•

Rhœmetalces II. A. C. 19. in Av. Caligulæ & Claudii, Æ 3. Rrr. Hic regum Thraciæ vlti mus eſt.

PONTUS et BOSPORUS,
ſecundum ordinem a CARYO conſtitutum.

Pharnaces, ante C. N. 183. Ar. tetr. Rrr. — Æ 3. Rrr. ſine cap.
Mithradates V. 154. EYEPΓETOY, ΓOP, 173. Ar. tetr. Rrr. Interdum cognomen ΦΙΛΟΡΟΜΑΙΟΥ ha bet, quoniam Romanis in bellis Punicis opem tulit.
Mithradates VI. 124. Eupator, ſ. Magnus, a Pompeio victus. Ar. tetr. Rrr. — Ar. didr. Rrrr. — Æ 2. & 3. Rr.
Pærisades III. 115. AV. didr. Rrrr.
Pharnaces II. 63. AV. Rrrr. — Ar. Rrrr. — Æ 3. Rrr.
Aſander, 48. AV. dr. & Ar. Rrrr.
Polemo I. 13. Ar. didr. cum M. Antonio, Rrr. — Æ 3. Rrr.

BOSPORUS ſolus,

Pythodoris regina, in Av. numi Auguſti, Ar. Rrrr. ſine cap.
Sauromates I. in Av. numi Tiberii, Ar. & Æ 3. Rrr.

Numi ſequentes ex Electro facti ſunt omnes, paucis exceptis, qui vel aurei vel ære tertii moduli ſunt.   Omnes illi ſunt Rrr.
Cotys, in Av. Neronis.
Rhescuporis II. in Av. Domitiani.
Sauromates II. in Av. Traiani & Hadriani.
Eupator in Av. Antonini Pii.
Sauromates III. in Av. Commodi.
Rheſcuporis III. in Av. Caracallæ.
Ininthymæuus, in Av. Alexandri Seueri.
Rheſcuporis IV. in Av. Maximini I.
Rheſcuporis V. in Av. Valeriani.
Teiranes, in Av. Probi.
Thothorſes, in Av. Diocletiani.
Sauromates V. in Av. Conſtantini I.
Rheſcuporis VI. in Av. Licinii.
Sauromates VI. rex vltimus. De eo numi cogniti non ſunt. Conſtantinus Porphyrogenitus vltimum hunc fuiſſe regem memoriæ prodidit.

BACTRIA.

BACTRIA.

Hoc regnum, ex remotissimis eorum est, quæ Alexander M. sibi subiecit, Theodotus postea sibi arrogauit, 255 annos ante Christum. Historia Græcorum in Bactria, Ariana & India septentrionali valde obscura est. Quamuis reges græci in India numos cuderint, nulli tamen eorum adhuc reperti sunt.

Unus Eucratidis V. numus (181 annos ante Christum) vberrime descriptus, non vero æri incisus est a *Bayero* in Hist. Regn. Græc. Bactr. Is nimirum didrachmalis numus argenteus est, prope ad mare Caspicum repertus, qui e Comitis *Bruce* collectione in cimelium Russorum Imperatricis venit. Aduersa eius pars caput galeatum habet; auersa: ΒΑΣΙΛΕΩΣ ΜΕΓΑΛΟΥ ΕΥΚΡΑΤΙΔΟΥ, HP siue annus 108. duo equites cum tiaris bactrianis, palmis & hastis longis.

BITHYNIA.

Regnum hoc conditum fuit trecentos octoginta tres annos ante Christum, & 308 annos, nimirum vsque ad annum 75 ante C. N. durauit. Reges eius fuerunt: Didalus, Botyras, Byas, Zipoltes, Nicomedes I. Zelas, Prusias I. Prusias II. Nicomedes II. Nicomedes III.

Numi certi sunt:

Prusiæ II. ante C. N. 178. AV. dr. Rrrr. — Ar. tetr. Rrr. Ar. didr. Rrrr. — Æ 2. & 3. v.
Nicomedis II. 150 ante C. N. ΕΠΙΦΑΝΟΣ, Ar. tetr. Rr.
Nicomedis III. 120 ante C. N. Ar. tetr. Rr. ΣΕ 206. siue Σ 200.

Numi, qui sequuntur, etiam Bithyniae tribui solent:

Mousa, regina, Æ 2. Rrr.
Orodaltes, Lycomedis (lege: Nicomedis III.) Bithyniæ regis filia, Æ 2. Rrrr. v. *Hirtii* Bell. Alex. cap. 66. editus est hic numus a *Neumanno* Vol. II. pag. 18.

ILLYRICUM.

Gentius, ante C. N. 168. Æ 3. Rrrr.
Monunius, ΔΥΡΡΑΧ. Ar. dr. Rrrr. sine cap.
Mostides, Æ 2. Rrr. (an numus huius sit regionis, dubium est.)

ARMENIA.

Xerxes, princeps non magnus, 165 ante C. N. Æ 3. Rrrr. vid. *Polyb.* Fragm. Lib. VIII. ad fin.
Tigranes, vid. Syria.

ARABIA.

Aretas, vt putatur, circa annum 130 ante C. N. Æ 3. Rrr. ΒΑΣΙΔΕΟΣ ΑΡΕΤΟΥ ΦΙΛΕΛΛΗΝΟΣ, (fic) Damafci cufus videtur.

Bacchius Judæus in Av. denarii Romani. R.

Mannus in Av. Lucillæ, Æ 3. Rrr. — M. Aurelii & Veri, Ar. dr. & Æ 3. Rrr. — in Av. Abgari; vnicus in *Hunteri* cimelio, faltem Rrrr.

MAURETANIA. *)

Juba fen. ante C. N. 70. Ar. dr. R.

Juba filius, 44 ante C. N. Ar. dr. Rr. — cum Cleopatra vxore Rrr. — Æ 2. & 3. Rrr. — Ar. dr. cum pelle leonina in capite. Rrrr.

Cleopatra, in Av. Jubæ filii, Ar. dr. Rrr. Filius Antonii & Cleopatræ fuit, et vt eius maritos melius dignofcamus, hoc loco afferre liceat, hanc effe eam reginam Cleopatram, quæ librum Περι Κοσμηλικων fcripfit, cuius fragmenta adhuc extant.

Ptolemæus, nepos, A. C. Ar. 2. dr. Rrr. — Æ 2. & 3. Rr. Quo a Caligula occifo, hæc regum feries defiit.

*) Numus extat æreus tertii moduli, rex niger vocatus, ob klolum æthiopicum, quod in eo cernitur; fed fine vlla infcriptione, R.

GALATIA.

Reges Galatiæ f. Gallogræciæ fæpe cum Galliæ regibus funt permixti. Omnes græcos numos ad antecedentes pertinere verifimillimum eft.

Balanus, ante C. N. 109. Æ 3. Rrr. ΒΑΛΑΝΟΥ. vid. *Liu.* XLIV. 14.

Ballæus, Æ 3. Rrr. *Neumann.* ΒΑΛΛΑΙΟΥ.

Bitucus, Æ 3. Rrr. ΒΙΤΟΥΚΟΣ.

Dubnofus f. Dumnofus, Ar. Rrr. ΔΥΒΝΟΣΟΥ.

Pfamitus. Rrr.

Claeantolus. Rrr.

Numus extat æneus minimi moduli eum ΑΜΙΜΤΟΥ, quem *Frœlich.* re&te Amyntæ I. Macedonum regi non tribuit, illuc enim eum pertinere, credere nullo modo poffum; fed an regis cuiusdam Galatiæ fit numus, vt ille affirmat, dubium, quamuis verifimillimum, eft. Hic Amyntas circa Aeram Chriftianam (aeræ Chriftianæ initium) vixit.

GALLIA.

GALLIA.

Chronologia horum regum incerta eft, fed maxima ex parte aut Cæfaris tempore, aut ante
ſum, floruerunt.

itouicus. Rrrr.

rgetorix. Rrrr.

ergaufilaunus. Rrrr.

ubnoſus f. Dumnoſus, ΔΥΒΝΟ. Ar. Rrr.   Hic Cæfaris Dumnorix L. V. c. 6. & nomen hoc vulgare videtur fuiſſe; habemus enim et numum Dubnoſi, Gallici regis Galatiæ, (v. ſupra)
quem Galatiæ regem fuiſſe veriſimile eſt.

ppius. Av. didr. Rrr.

omius, Eppii filius. AV. dr. & hemidr. Rrr.

BRITANNIA.

Britannicorum regum numismata æque difficile, ac Gallorum, tempori certo adſcribi poſ-
ut.   Nullum eorum Julii Cæfaris tempora excedit.   Cunobeline f. Cymbeline, cuius numi ſo-
tempori fuo tribui poſſunt, Auguſto & Tiberio æqualis fuit. v. Milton's Hiſt. of England.

aſſibelanus, vt putatur, ante C. N. 58. Æ 3. Rrr. dub.

unobelinus, ante C. N. 10. AV. Rrr. — Ar. Rrr. — Æ 3. Rr.

oadicea, A. C. 50. Ar. Rrrr. (v. Bouteroue.) — Æ 3. Rrr. dub.

CILICIA.

hilopator, ante C. N. 40. Æ 3. Rrr.

arcondimotus, ante C. N. 21. Æ 3. Rrrr.

JUDAEA.

ſerodes I. ante C. N. 37. Æ 2. & 3. Rr. fine cap.

enodorus in Av. Auguſti. Æ 3. Rr.

hilippus, in Av. Auguſti. Æ 3. Rrr. fine cap.

ſerodes II. Antipas, A. C. 3. Æ 3. Rr.

ſerodes III. Chalcidis rex, A. C. 40. Æ 3. Rrr.

grippa, A. C. 50. Æ 3. R. cum cap. Rrr. in Av. Vefpafiani, Titi & Domitiani.
Hic rex anno tertio Traiani mortuus eſt, vti Photius tradit ex Juſto Tiberiadenſi; igitur
excidio Hierofolymitano triginta annos fuperſtes fuit.

GETAE.

omoricus, Tiberii tempore. Æ 2. Rrrr. Frœlichii Acceſſio Noua.

COMMA-

COMMAGENE.

Antiochus, rex celeberrimus, inde a Claudii tempore vsque ad Titum, cum quo Hierofolymam
obfedit. Æ 1. & 2. Rrr.

Jotape, eius vidua, Æ 2. Rrr. in Av. Antiochi. Rrr.

EDESSA vel OSRHOENE.

Omnes illi reges Abgari, vt Parthorum Arfacidæ &c. appellati fuiffe videntur. In Averfis
Hadriani, M. Aurelii Veri, Commodi, Seueri, Gordiani III. inueniuntur. Omnes illi numi
funt ænei, fecundi & terrii moduli, quorum nonnulli fatis vulgares, alii parui æftimantur. Quidam Mannum Edeffæ tribuit. vid. Arabia.

PALMYRA.

Zenobia, A. C. 260. ex argento vili. Rrr. Hæc regina Aegypto & Syriæ, æque ac Palmyræ,
imperauit.

Timolaus, Zenobiæ filius, Æ 3. numus vnicus in *Hunteri* Nummophylacio.

Vaballathus, tertius Zenobiæ filius, (vid. Imperatores Rom.)

REGES INCERTI.

Samos, a *Frœlichio* Arfamus nominatus; numus imperfeftæ notæ, Æ 3. Rrr. in *Hunteri* collectione.

Adinnigaus. Ar. tetr. Rrrr.

Minnifares. Ar. tetr. Rrrr.

Zarias. Æ 3. Rrrr. *Frœlichii* Acceffio Noua.

Heliocles. Ar. tetr. ΒΑΣΙΛΕΩΣ ΗΛΙΟΚΛΕΟΥΣ ΔΙΚΑΙΟΥ. Fabricæ Syriacæ fimilis vnicus in *Hunteri*
Nummophylacio.

No. III.

	Aurei.	Argentei.	Aenei.			Græci.	Coloniar.	Aegypt.	
			majoris moduli.	medii moduli.	minoris moduli.				
Jul. Cæsaris	5 L. 5 S. c. cap. Antonii 10 L. 10 S. c. Vencre 15 L. 15 S.	10 S. - - 1 L. quidam ob auersam partem 2 L. 2 S.	Augustus in auersa parte 5 S.	5 S. - - 2 L. pro auersae partis raritatis gradu.	2 L.	Æ. 1. 2. 5 S.	Æ. 2. 3. 5 S.	o	
Pompeii M.	21 L.	10 S.	5 S.	4 S.	o	Æ. 2. 2 L.	o	o	Cæsare dictatore perpetuo, primum principum adhuc viuentium capita in numis apparere coeperunt. Pompeius Magnus nomos cum imagine sua cudi nec tempori, nec potestati suæ conuenire censuit; ab eius filiis vero hoc fieri potuit, sicut et ab vna duabusue Siciliæ ciuitatibus, Sexto Pompeio ibi summam rerum tenente.
Cn. Pompeii filii									Vnicus eius nummus in Hunteri cimelio extat & 2c L. constat.
Sext. Pompeii	21 L.	3 L. 3 S.	o	o	o	o	o	o	

IMPERAT.

▲

Bruti

	Aurei.	Argentei.	Aenei. majoris moduli.	medii moduli.	minor. moduli.	Græci.	Coloniar.	Aegypt.
Bruti	25 L.	6 L. 6 S.	o	o	o	o	o	o
Lepidi	15 L.	c. capite Augufti in auerfa 1 L. 1 S. c. MVS-SIDIVS LON-GVS in au. 2 L. 2 S.	o	o	o	Æ 3. 2 L. 2 S.	Col. Ca-be Æ 1. 5 L. 5 S. Æ 2. 10 S. — 3. 4 S.	o
M. Anto-nii	5 L. 5 S.	v. 2 S. 6 D. Auerfae partes rariores 5--30 S. M. c. Cleopa-tra 3 L. 3 S.	o	c. Aug. 5 S. c. Cleo-patra 10 S.	o	Æ 1. 1 L. 11 S. 6 D. Æ 3. 15 S.	Æ 2. 10 S. — 3. 5 S.	o
M. Anto-nii fil.	Rrrr. c. capite patris 30 L.	o	o	o	o	o	o	o
Cleopa-træ.	30 L.	1 L. 1 S.	o	10 S.	10 S.	o	o	Æ 2. 3. 10 S.
C. Anto-nii	o	3 L. 3 S.	o	o	o	o	o	o
L. Anto-nii	o	15 S. non, nifi c. M. An-ton. cap. reper.	o	o	o	o	o	o

Augu-

	Aurei.	Argen-tei.	Aenei.			Græci.	Colo-niar.	Aegypt.
			majoris mo-duli.	medii mo-duli.	min. modu-li.			
Auguſti	v. 1 L. 1 S. rariores au. 30S. --3L.3S. a Traia-no reſti-tuti 5 L. 5 S.	v. 1 S, rariori-bus auer-fis exce-ptis. M. 15 - -30 S.	7 S. 6 D. M. 10 L.	v. 1. S. c. Tibe-rio 10 S.	v. 6 D.	Æ 1. 2L. 2 S. Æ 2. c. cap. Li-uiae aut Thraciæ regis Rhœme-talcis 25 · 30 S. Æ 3. v. 1 S.	Æ 1. 10-20S. Æ 2 & 3. v. 6 D.	Ar. 10S. Æ 2. 5 S.
Liuiae	o	o	o	c. effigie Juſtitiæ, Pietatis aut Salu-tis v. 6D.	o	Æ2.10S. —3. 2L.	Æ 1.Col. Romu-lea 25 S. Emerita et Patras 2 L. 2S. Æ 2. 1 L. 1 S. Æ 3. 10S. 6D.	o
Agrippæ	40 L.	5 L. a Traja-no reſti-tuti 10 L.	o	5 S. a Tito vel Do-mitiano reſtituti 5 S.	20 S.	Æ 3. 3 L.	Æ 1.Col. Gades 5 L. Æ.2.et3. 10 S.	o
Juliae, Auguſti filiae	o	o	o	o	o	Æ 3. 2 L.	o	o
C. Caeſa-ris	o	o	o	2 L.	1 L.	Æ. 3. 15 S.	Æ 1. 5L. — 2. 10S. —3.7S	Æ 2 c. cap. Au-gusti 1 L.

L. Cae-

	Aurei.	Argentei.	Aenei.			Græci.	Coloniar.	Aegypt.	
			majoris moduli.	medii moduli	min. moduli.				
L. Caesaris	o	o	o	2 L.	1 L.	Æ 3. 15 S.	Æ 1.5 L. —2. 10 S. —3.7 S.	Æ 2. c. cap. Augusti 1 L.	
Agrippae Caesaris	o	o	o	o	o	o	Col. Corinth. Æ 3. 3 L.	o	
Tiberii	v. 1 L. c. cap. Augusti 2 L. a Tito restituti 6 L. Minimi aurei 2 L.	v. 1 S.	5 L. M. 10 L.	v. 1 S. restaurati 7 S.	.v. 6 D. Spintriati 1 L. *	Ár. 5 S. Ar. M. 20 S.	Æ. 1.2 L. Æ 2.& 3. v.	Ar. 5 L. Æ. 2. 3 S.	*) Numorum fpintriatorum fexaginta fere noti funt.
Juliae, Tiberii vxoris.	o	o	o	o	o	Mityleneus: in auerfa Tiberii parte. *) Æ 3. 3 L.	o	o	*) Cum infcriptione: IOY. ΘEAC CEBACTHC Morelhus, qui hunc numum affert, hoc caput temere Liuiæ tribuit.
Drusi, Tiberii fil.	o	c. cap. Tiberii 10 L.	o	v. 1 S. c. cap. Tib. 2 L. reft. 5 S.	o	Æ 2. c. cap. Germanici 1 L. Æ 3. 10 S.	Æ 2 et 3. 10 S.	o	
Neronis Claudii Drusi, Tib. frat.	2 L.	15 S.	2 S. 6 D. *) restaurati 5 L.	o	o	o	o	o	*) Claudio regnante funt cufæ

	Aurei.	Argentei.	Aenei.			Græci.	Coloniar.	Aegypt.
			majoris moduli	medii moduli	min. moduli			
Antoniae, M. Antonii filiae	3 L.	2 L.	o	1 S.	o	Æ 2. c. capite Claudii 25 S. Æ 3 1 L.	o	Ar. 1 L.
Germanici, Neronis Drusi et Antoniae fil.	6 L.	1 L.	15 L.	v. 1 S.	v. 1 S.	Æ 2. c. Agrippina vxore, aut Caligula filio 15 S. Æ 3. 15 S.	Æ 2. et 3. 10 S.	o
Agrippinae, Germanici vxor.	4 L.	1 L.	5 S. restaurati 3 L.	o	o	Ar. M. 5 L.	Æ 2. et 3. 2 L.	o
Neronis et Drusi Caesarum	o	o	o	v. Nero et Drusus equites 1 S.	o	o	Æ 2. 10 S.	o
Caligulae (Caii Caesaris Augusti)	5 L. in Ital. 10 L.	c. capite Augusti 5 S. alii 10 S. -- 2 L.	5 S.	v. 1 S.	c. capite Germanici 5 S. alii 1 S.	Ar. 15 S. Ar. M. 1 L. Æ 2. 1 L. --3. 1 L.	Æ 1. 1 L. --2. c. patre Germanico 10 S. Æ 3. 2 S.	Ar. 10 S.
Drusillae, Caligulae sororis	o	o	non nisi cum cap. Caligulae extant.	o	o	Æ 2. c. Caligula 2 L. Æ 3. c. eodem 1 L.	o	o

	Aurei.	Argentei.	Aenei.			Graeci.	Coloniar.	Aegypt.
			majoris moduli.	medii moduli.	min. moduli.			
Jul. Liuillae, Caligul. sororis	o	o	o	o	o	Æ 3. 1 L.	o	o
Tiberii Claudii Caesaris Aug.	v. 1 L. Av. rar. 50 S. reftaura-ti 3 L.	v. 1 S. M. 2 L.	v. 2 S. rariori-bus Averfis exceptis.	v. 1 S.	v. 1 S.	Ar. 1 L. Ar. M. 30 S. Æ 1. 3 L. Æ 2. v. 1 S. c. capiti-bus Dru-fi et An-toniae 1 L. c. eius et Agrippi-næ cap. 10 S.	Æ 2. R. c. libe-ror. ca-pitibus 1 L. Æ 3. 2 S. 6 D.	Ar. c. nomine Meffali-nae, ejusque fig. ftan-te in Averf. 5 S.
Meffali-nae	o	o	o	o	o	Æ 1. 1 Ŀ — 2. c. Claudio 1 L. — 3. 1 L.	Æ 2. 2 L. — 3. c. Claudio 30 S.	o
Agrippi-nae, Ger-manici et Agrippi-nae fen. fil.	30 S.	7 -- 12 S. Ar. M. 3 L.	20 L.	o	o	AV. c. ca-pite Bos-phori re-gis Co-tyos 10 L. Ar. 7 -- 12 S. Ar. M. 3 L. Æ 1. 1 L. — 2. 2 L. — 3. 1 L.	Æ 3. 10 S.	o

Britan-

	Aurei.	Argentei.	Aenei.			Græci.	Coloniar.	Aegypt.	
			majoris moduli.	medii moduli.	minor. moduli.				
Britannici, Claudii filii.	o	o	o	o	Rrrr. feu potius vnicus, c. titulo Augusti in Pellerinii cimelio 5 L.	Æ 1. 10 L. — 2.5 L.	o	o	
Neronis Claudii Caefaris Augusti.	v. 1 L. nonnullae Av. 2 L.	v. 1 S. nonnullae Av. 10 S.	v. 2 S. nonnullae Av. 10 S.	v. 6 D.	v. 6 D.	Ar. 5 -- 10 S. Ar. M. 20 S. Æ 1. 10 S. -- 1 L. Æ 2. v. 1 S. c. Agrippina 10 S. Æ 3. v. 6 D.	Æ 2. et 3. 2 S.	Ar. 2 S. Æ M. 8 L.	
Octauiae, Neronis vxoris.	o	o	o	o	o	Æ 2. 15 S. — 3. 1 L.	Æ 2. c. cap. Neronis 10 S. c. folo cap. fuo 2 L.	Ar. 1 L.	
Poppææ secundae ej. vxoris	o	in auerfa Neronis parte 15 l.	o	o	o	Æ 3. c. Neronis cap. in Au. 2 L.	o	Ar. 10 S. Æ 2. 1 L. — 3. 10 S.	
Statil. Meffalinae, tert. ej. vxoris	o	o	o	o	o	5 L.	o	o	

Clau-

	Aurei.	Argentei.	Aenei.			Græci.	Coloniar.	Aegypt.
			majoris moduli	medii moduli.	min. moduli.			
Clau-diae, Neronis fil.	o	o	o	o	5 L.	o	o	o
Clodii Macri (in Africa.)	o	2 L. sine cap.	o	o	10 L.	o	o	o
Serv. Sulpic. Galbae.	2 L. restaurati 3 L.	v. 1. S.	v. 2 S. quidam 10 S. - - 3 L. restaurati 3 L.	v. 1 S. paucis exceptis, qui maioris pretii aestimantur.	o	Æ2.10S.	Æ 2. 2L. — 3. 1L.	Ar. 5 - - 10 S.
Othonis	5 L.	v. 2 S. quidam 1 L.	o	o	o	o	Æ 1.Col. Antioch 50L. Æ 2.Antioch. 10 L. Æ 3. Cæsarea 3 L.	Ar. 3 L. Æ 1. 15 L. Æ.2.et3. 2 L.
Vitellii	3 L. OB CIVES SERVATOS 12L c duobus ejus filiis 5 L.	v. 1 S. c. filiis 3 L.	3 L.	10 S.	o	Æ 3. 3 L.	o	Ar.3 L. Æ 2. 2L. — 3. 2L.
Luc. Vitellii, Imperatoris patris	6 L.	3 L.	o	o	o	o	o	o

	Aurei.	Argentei.	Aenei.			Græci.	Coloniar.	Aegypt.
			majoris moduli.	medii moduli.	min. moduli II.			
Flav. Ve-spasiani	v. 1 L. quidam ob Auer-sam, vt et a Traia-no resti-tuti 2 L.	v. 1 S. quidam 4--10 S. Ar. M. 15-30 S.	v. 1 S. quidam ob Auer-sam 2 L.	v. 1 S. c. Titi et Domi-tiani ca-pitibus 10 S.	v. 1 S. c. Titi et Domi-tiani ca-pitibus 10 S.	Æ 1. 1 L. — 2 & 3. 2 S.	Æ 2. et 3. 5 S.	Ar. et Æ 1. c. capite Titi 12 S.
Domitil-lae, eius vxoris	Rrrr. 30 L.	5 L.	10 S. fine cap.	o	o	o	o	Æ 3. 30 S.
Titi	v. 1 L. a Traja-no restit. 2 L.	1 S. nonnul-li ob Au. 4--10 S. M. 2 L.	1 S. quidam ob Au. 5--35 S.	1 S.	1 S.	Ar. M. 1 L. c. Vespa-siano in Au. 3 L. Æ 1. 15 S. Æ 2. et 3. 2 S.	Æ 2. 7 S. — 3. 2 S.	Æ 2. et 3. 2 S.
Juliae, Titi fi-liae	15 L.	1 L. exceptis paucis ob Au. rariori-bus, qui maioris funt pre-tii. M. 5 L.	8 S. fine cap.	2 S.	o	Æ 3. 1 L. 5 S.	o	o
Domi-tiani	1 L. in Au. Domi-tiam 6 L. M. 20 L.	1 S. c. Domi-tia 3 L. vt et aliæ rariores Au.	1 S. nonnul-li ob Au. 4 S.--2 L.	1 S. cum Ve-(pasiano 15 S.	6 D.	AV. c. cap. Rhescupo-ridis 10 L. Ar. M. 5 S. Æ. 1. 10 S. — 2. et 3. 1 S. c. cap. Ju-liae 1 L.	Æ 1. 1 L. Æ 2. et 3. 6 D. pau-cis ob Au. ex-ceptis.	Ar. 3 S. Æ 1. 3 S. —2. et 3. 1 S.

	Aurei.	Argentei.	Aenei.			Græci.	Coloniar.	Aegypt.
			majoris moduli.	medii moduli.	minor. moduli.			
Domitiæ, ejus vxoris	5 L. quidam ob Au. majoris pretii habentur.	2 L. M. 5 L.	25 L.	5 L.	5 S.	Æ 2. cum Domitiano 15 S. Æ 2. & 3. 10 S.	o	o
Vespasiani jun.	o	o	o	o	o	Æ 3. 2 L. numus sub Tito vel Vespas. cusus.	o	o
Neruae	2 L. restaur. 5 L.	1 S. quidam ob Au. majoris censentur pretii M. 2 L.	1 S. exceptis circiter decem ob Au.	1 S.	6 D.	Ar. 7 S. Ar. M. 2 L. Æ 1. 1 L. 5 S. Æ 2. & 3. 7 S. 6 D.	Æ 2 et 3. 7 S.	Ar. 2 L.
Traiani	1 L. quidam ob Au. 8 L.	v. 1 S. exceptis duobus tribusue ob Au. M. 1 L. -- 30 S.	1 S. quidam ob Au. 5 -- 50 S.	1 S.	6 D.	AV. cum Sauromate 10 L. Ar. 2 S. 6 D. c. cap. Cotyos aut Ininthimæui 6 L. Ar. M. 1 L. -- 30 S. c. cap. Traiani & in Au. Dianam c. inscript. gr. 2 L. Æ 1 10 S. c. Joue in Au. 5 S. Æ 2. 1 S. -- 3. 6 D.	Æ 1. 2 L. -- 2. 1 S. -- 3. 6 D.	v. AV. c. capite Traiani patris 3 L. Ar. c. eodem 1 L.

Plotinae

1

	Aurei.	Argentei.	Aenei.			Græci.	Coloniar.	Aegypt.
			majoris moduli.	medii moduli.	minoris moduli.			
Plotinæ, eius vxoris	4 L. c. ara Pudicitiae 12 L. Quin. 4 L	4 L. c. ara Pudicitiae 6 L.	5 L.	0	0	Æ 2. & 3. 15 S. Æ 2. c. Traiano 2 L.	Æ. 3. 2 L.	0
Marcianæ, eius sororis	5 L.	4 L. c. SOROR IMP. TRAJANI 10 L.	6 L.	0	0	Æ 3. 3 L.	0	0
Matidiae, Marcianae fil.	5 L. c. Plotina 10 L.	4 L.	6 L.	0	0	Æ 3. 3 L.	0	0
Hadriani.	1 L. quidam ob Au. majoris habentur.	1 S. quidam ob Au. 5·25 S. M. 1 L.	1 S. funt tamen circiter centum rariores numi ob Au., praefertim ex prouinciis Imperii, quorum pretium eft 30 S. - 4 L.	1 S. c. capite Antonini 1 L.	6 D.	AV. c. Sauromate 10 L. Ar. 5 S. c. Rhefcuporide 4 L. Ar. M. 30 S. Æ 1. 5 S.	Æ 1. 10 S. — 2. & 3. 2 S. 6 D.	1 S.
Antinoi	0	0	0	0	0	Æ. M. 3 L — 1 50 S. — 2. 15 S. — 3. 10 S. c. capite Hadriani 2 L.	0	Æ. 1. 1 L. 5 S. Æ 2 & 3. 12 S.

Sabi-

	Aurei.	Argentei.	Aenei.			Graeci.	Coloniar.	Aegypt.
			majoris moduli.	medii moduli.	min moduli.			
Sabinae, Matidiae filiae et vxoris Hadriani	1 L. c. confecratione 2 L.	1 S. quidam ob Au. 1 L.	1 S. c. Hadriano 2 L. c. confecratione 15·25 S.	1 S. c. Hadriano 1 L.	o	Ar. 15·· 25 S. Ar. M. 3 L. Æl. 15 S. —2. & 3. 3 S. —3. c. cpp. Hadriani & Sabinae aduerfis 1 L. 5 S. Æ M. 10 L.	Æ 3.5 S.	Ar. M. pauci c. Hadriano 10 S. Ar. c. Hadriano 5 S. alii 10 S. Æl. 10 S. —2. 1 S. —3. 6 D.
Aelii.	3 L.	4 S.	2 S. 6 D. perpaucis exceptis ob Au.	1 S.	o	Ar. 15 S. Ar. M. 30 S. Æ 1.7 S. 6 D. —2. & 3. 3 S.	Æ 3.2 L.	Æ 6 D.
Antonini Pii	1 L. nonnulli ob Au. 2 L. Quinar. 30 S.	1 S.	1 S. rariores ob Au. 5··35 S. M. 5 L.	1 S. c. Fauftina 1 L. c. Hadriano 12 S. c. M.Aurelio & Fauftina 25 S.	2 S.	Ar. 5 S. c. ftatua equeftri Hadrian. 25 S. c. Rhoemetalce 4 L. Æ 1.5 S. quidam ob Au. majoris funt pretii. Æ 2.1 S. —3.6 D. ÆM.5 L.	Æl.10 S. —2.et 3. 2 S. 6 D.	1 S. nonnulli 10 S.

Fauftinae

	Aurei.	Argentei.	Aenei.			Græci.	Coloniar.	Aegypt.
			majoris moduli.	medii moduli.	min. moduli.			
Faustinæ sen.	1 L. nonnulli 2 L. Puellae Faustinianae 6 L.	1 S. quidam 15 S. Puellae Faustin. 3 L. Quinar. 5 S. Ar. vile c. Antonino 10 S	1 S. c. Antonino 2 L, rari quidam 3 S. -- 1 L. M. 15 L.	1 S.	o	Æ 1. 15 S. Æ 2. et 3. 5 S.	Æ 1. 30 S. -- 2. 25 S. c. Antonino.	Æ 2 S. 6 D.
Galerii Antonini, Antonini et Faustinæ fil.	o	o	o	o	o	Æ 1. c. Faustina 8 L. Æ 2. c. Faustina 4 L.	o	Æ 2. 10 L.
M. Aurelii	1 L. nonnulli ob Au. 2 L. •	1 S.	1 S. c. Faustina 35 S. c. Vero 3 L. multi alii rari huius moduli extant.*) M. 2 -- 10 L.	1 S.	10 S.	Ar. 5 S. Æ 1. 2 S. 6 D. -- 2. 1 S. c. Abgaro 7 S. 6 D. Æ 3. 6 D. Æ M. 2 -- 10 L.	Æ 1. 30 S -- 2. 5 S. c. Vero 10 S. Æ 3. 7 S. 6 D.	1 S.
Faustinæ iun.	1 L.	1 S. c. confecratione & cum MATRI CASTRO- RVM 7 S. 6 D.	1 S. c. confecrat. et aliis rar. ob Au. 7 S. 6 D. M. 5 L.	1 S.	o	AV. 3 L. Ar. 15 S. Æ 1. 5 S. -- 2 & 3. 3 S. c. ANNIA FAUSTI- NA rarifs. Æ M. 10 L	Æ 3. 5 S.	Ar. 5 S. Æ c. AN- NIA FAU- STINA' rarifs.

*) Plumbei hujus magnitudinis 10 S. Pauci, qui inueniuntur, hujus metalli nu- mi, imperatorum Hadriani & An- tonini fine du- bio, experimenti cauſa faſti ſunt.

	Aurei.	Argentei.	Aenei.			Graeci.	Coloniar.	Aegypt.	
			majoris moduli.	medii moduli.	min. moduli.				
Annii Veri Cæf.	o	o	Rrrr. c. Commodo 8 L.	nonnulli ob Au. 2 L.	o	Æ 2. c. Commodo et M. Aurelio 35 S. Æ 3. c. Commodo 2 L.	o	o	
L. Aur. Veri	1 L. nonnulli 2 L.	1 S. PROFECTIO AUG. 15 S.	1 S. nonnulli ob Au. 25 S. *) M. 2--20 L.	1 S. exceptis nonnullis ob Au.	5 S.	Ar. 15 S. Æ 1. 3 S. — 2. 1 S. c. M. Aurelio et Vero 5 S. c. Abgaro 5 S. Æ 3. 1 S. Æ M. 2.--20 L.	Æ 1.50 S. —2 et 3. 2 S. 6 D.	Æ 3. 1 S. Ar. 3 S.	*) Plumbei hujus magnitudinis 10 S.
Lucillae	1 L. 5 S.	1 S.	1 S. M. 2--20 L.	1 S.	o	Ar. c. Manni, Arabiae principis, nomine 3 L, Æ 1.50 S. Æ 2. et 3. 5 S.	Æ 2. 2 L.	o	•
Commodi	4 L. nonnulli 6 L. M. 40 L. Quinar. 5 L.	1 S. nonnullae Au. 1 L.	1 S. c. Faustina 30 S. alii rari 3--18 S.	1 S. quidam 7 S. 6 D. o		AV. c. Sauromate 13 L. Æ 1,3 S. 6 D. --2. 1 S. c. M. Aurelio & Faustina 12 S. Æ. 3. 6 D.	Æ 1.50 S. —2 et 3. 2 S. 6 D.	Æ 1. 1 L. Ar. 1 S.	Circiter 120 medaillones de cius regno extant. Sub eius imperio numi argentei Aegyptiam viliores numis antecedenti-

um Imperatorum non nisi ære fragili funt facti, interdum argento tincti, interdum non, & folo æris crassitudine & metallo mixto difcerni poffunt. Poft hoc tempus tamen numi ænei et argentei ægypt. aeque rari funt; & quia raro vel nunquam diftingui poffunt, omnes inter fe fub nomine ægyptiorum funt commixti, imprimis cum omnes magnitudinem tertii moduli habeant.

Crifpinæ

	Aurei.	Argentei.	Aenei. majoris moduli.	Aenei. medii moduli.	Aenei. minor. moduli.	Græci.	Coloniar.	Aegypt.	
Crispinæ	6 L.	1 S. DIIS GENITALIBUS 5 S.	1 S.	⊙	○	Æ. 1. 7 S. 6 D. Æ 2. et 3. 3 S.	Æ 2 & 3. 7 S. 6 D.	Æ 1. 25 S. — 2 & 3. 10 S.	
Pertinacis	4 L. c. aquila, autrogo, confecrationis typis &c. 15 L.	2 L. LIBERATIS CIVIBVS 4 L. MENTI LAVDANDAE etc. 5 L.	4 L. CONSECRATIO, LIBERALITAS &c 8 L.	1 L. quidam ob Au. 2 L.	5 L.	Æ 2. 2 L. M. 50 L.	○	Ar. M. 8 L. Ar. & Æ 3. 30 S.	*) Poſt hunc Imperatorem numi Romani tertii moduli non inueniuntur, vsque ad Trajanum Decium.
Titianae ejus vxoris	○	○	○	○	○	○	○	Æ. 3 L.	
Did. Juliani	10 L.	4 L.	10 S.	3 L.	○	○	○	○	
Manl. Scantillae, ejus vxoris	10 L.	8 L.	15 S.	4 L.	○	○	○	○	
Didiae Clarae, ej. filiae	8 L.	8 L.	15 S.	○	○	○	○	○	
Pefcennii Nigri (in Syria)	vnicus in Francogalliae cimelio 50 L.	5 L. M. 25 L.	○	○	○	Ar. M. 25 L. Æ 1. vnicus in Hunteri Collectione 50 L.	○	○	
Pefcenniæ Plautianæ (ej. vxor.)	○	○	○	○	○	vnicus a Baudelotio allatus,	○	○	

Clod.

	Aurei.	Argentei.	Aenei.			Græci.	Coloniar.	Aegypt.
			majoris moduli.	medii moduli.	min. moduli.			
Clod. Albini (in Britann.)	20 L.	5 S. cum AVG. IMP. 10 S. M. 30 L.	5 S. quidam ob Au. 10 S.	5 S.	o	Æ 1. 50 S —2. 2 L.	o	o
Septimii Seueri	2 L. c. variis ex eius familia capitibus 5 L.	1 S. c. capp. ex eius familia, aut alii ob Au. rariores 3 S. --2 L. Quinar. 2 L. M. 1 L.	1 S. c. Julia, aut alii ob Au. rar. 2 L. M. 2 -- 10 L.	1 S. nonnulli ob Au. 1 L.	o	AV. c. Sauromateo L. Ar. 5 S. M.c.Syr. Ar. vili 10 S. Æ 1. 3 S. —2. 1 S. c. capite Juiiæ in templo, aut cum Abgaro 5 S. Æ 3. 6 D. Æ M. 2 -- 5 L.	Æ 1. 10 S Æ 2 & 3. 2 S. 6 D.	Æ 5 S.
Juliae Dommae (vxoris eius.)	3 L. cum Caracalla & Geta 4 L.	1 S. c. Septimii Seueri et filiorum capitib. 50 S. quidam al. ob Au. 3 -- 10 S. Quinar. c. Junone 1 L. alii Quinar. 5 L.	1 S. nonnulli ob Auersam 5 -- 40 S. M. 10 L.	1 S. nonnulli ob Au. 5 S.	o	Ar. 5 S. Æ 1. 2 S. 6 D. —2. 1 S. cum Caracalla 5 S. Æ 3. 6 D. Æ M. 10 L.	Æ 1. 2 L. —2 & 3. 3 S.	Æ 10 S.

M. Au

	Aurei.	Argentei.	Aenei.			Graeci.	Coloniar.	Aegypt.	
			majoris moduli.	medii moduli.	minor. moduli.				*) Numi Cara- callae ab Elaga- bali numis facile distingui non possunt, quia eadem habent nomina. Ideoque notas quasdam characteristicas afferre, non superuacaneum esse censui. Cara- calla plerumque GERManici, aut BRITannici no- mine venit, quod alter non habet. Elagabalus saepe FELix habet. Ca- racalla raro IMP. nominatur. Ela- gabalus semper. Certissima vero nota est sol, ple- rumque asterisci figuram habens, quare etiam a rei numariae studio- sis stella saepissi- me vocatur, quae semper fere in Elagabali numis, aut ante aut post figuram partis auersae, conspici- tur. Eum Solis sacerdotem fuis- se, notissimum est, vnde haec nota, quae & in Juliae Soaemia-
M. Aurel. Seueri Antonini (Caracal- lae) *)	1 L. cum Se- ptimio Seuero & Julia 3 L. nonnul- li ob Au. 2-5 L.	1 S. c. capp. Sept. Se- ueri, Ju- liae & Ge- tae 2 L. al. ob Au. 3--30 S. M. 2-3 L.	1 S. al. ob Au. 3--30 S. M. 20 S.	1 S. Alii ob Au. 3-- 20 S.	0	Ar. 5 S. —M. 2 L. Æ 1. 1 S. c. capiti- bus Ca- racallae et Getae 30 S. Æ 2. 1 S. c. Julia 7 S. 6 D. Æ 2. et 3. in Au. Getae vel c. Plauti- llae cap. aduerso 10 S. Æ M. 10 S. - 5 L.	Æ 1. 5 S. excepta Antio- chia in Syria Æ 2. et 3. 1 S.	Ar. vil. 1 S. Æ 1. 10 S.	
Plautil- lae, ejus vxoris	4 L.	1 S. alii ob Au. 4 S. c. Cara- calla 3 L.	10 L. magni- tudini primi moduli proximi 4 L.	5 S.	0	Æ 1. 2 L. —2. & 3. 2 S. 6 D. Æ M. 5 L.	Æ 1. Ty- rus 4 L. Æ 3. 5 S.	0	

dis eius matris numis, et in aliis, reperitur. Scriptores quidam Francogallici eam & in vno aut duobus Cara- callae numis apparere contendunt, id quod errori cuidam tribuere malim, vsque dum veritatem huius rei maxima cura demonstrauerint, imprimis cum haec opinio per se, nullo fundamento nixa, maxime suspecta esse videatur.

	Aurei.	Argentei.	Aenei.			Græci.	Coloniar.	Aegypt.	
			majoris moduli.	medii moduli.	minimi moduli.				
Getæ	5 L.	1 S. cum capitibus Sept. Seueri, Juliae aut Caracallae 2 L. alii ob Au. rariores 5--30 S.	5 S. *) nonnulli ob Au. 15-30 S. M. 6 L.	1 S. 6 D. al. ob Au 10 S.	o	AV. 6 L. Ar. 7 S. 6 D. ÆI. 10 S. —2. & 3. 6 D. ÆM. 6 L.	ÆI. 50 S. —2 et 3. 2 S. 6 D.	10 S.	Syriaci M. Ar. vil. 15 S. *) Numi ænei Getae Augusti, barba promissa eum nobis repraesentant, et cum facie ad minimum virum quadragenarium prodente, cum tamen, si historicis fidem habemus, annos tres & viginti natus occisus sit. Numi eius ænei eo puero ac Cæsare acusi sunt. Caracalla, anno ætatis. vigesimo nono interfectus, etiam viri prouectioris ætatis speciem in numis præ se fert.
Macrini	5 L.	2 S. 6 D. in curru triumphal. 3 L.	10 S. al. ob Au. 1 L.-50 S M. 10 L.	1 S. al. ob Au 5 S.	o	ÆI. 1 L. —2. 3 S. c. Diadumeniano 15 S. Æ 3. 2 S 6 D. ÆM. 5 L.	ÆI. 30 S. —2 & 3. 5 S.	Æ 2 S. 6 D.	Medalliones Syr. argenti vil. 10 S.
Diadumeniani	Regi Francogalliae 42 L. constitit.	12 S. FIDES MILITVM 2 L.	2 L.	5 S.	o	ÆI. 3 L. —2. et 3. 5 S.	ÆI. Berythus 3 L. Laodicea 4 L. Æ 2. et 3. 12 S.	Æ I L.	

M. Aur.

	Aurei.	Argentei.	Aenei.			Græci.	Coloniar.	Aegypt.
			majoris moduli.	medii moduli.	minoris moduli.			
M. Aurel. Antonini (Elaga-bali)	2 L.	1 S. c. Soe-miade 30 S. al.ob Au. 5--25 S.	7 S. 6 D. al.obAu. 10+20 S. M. 10 L.	1 S. alii ob Au. 4·· 8 S.	0	Æ 1.5 S. Æ 2.et 3. 6 D. M. 5 L.	Æ 1. (Antio-chia ex-cepta) 10 S. Æ 2.et 3. 2 S. 6 D.	1 S.
Jul. Pau-lae, pri-mae ejus vxoris	10 L.	2 S. 6 D. alii ob Au. 7 S. 6 D.	30 S. c. 3 Mo-netis 3 L.	7 S. 6 D.	0	Æ 1.3 L. —2.& 3. 10 S.	Æ 1.3 L. —2 et 3. 10 S.	2 S. 6 D.
Jul.Aqui-liae Seue-rae (se-cundae vxoris)	21 L.	10 S. c dua-bus figu-ris 1 L.	2 L.	10 S.	0	Æ 1.5 L. —2 &3. 1 L.	Æ 2 & 3. 15 S.	5 S.
Anniae Faustinæ (tertie ej. vxor.)	0	vnicus in regis Hispan. cimelio 40 L.	30 L.	0	0	Æ 2.3 L.	Æ 2 & 3. 2 L.	1 L.
Juliae Soemia-dis (ma-tris ej.)	6 L.	1 S. c. Cara-calla 30 S.	5 S. c.Cybele 30 S.	2 S.	0	Æ 1.1 L. —2.10 S. —3.5 S.	Æ 2 et 3. 1 L.	3 S.
Juliae Maesae (auiae)	8 L.	1 S. c. Confe-cratione 2 L.	1 S. c.Confe-cratione 2 L.	6 D.	0	Æ1.10 S. —2.& 3. 1 S.	Æ1.30 S. —2 & 3. 10 S.	0
Seueri Alexan-dri	1 L. c. cap. Mamææ vt et alii ob Au. 5 L. M. 25 L.	1 S. alii ob Au. 10 S. —2 L.	1 S. al.ob Au. 4 S.·4 L. M. 15 L.	6 D. al.obAu, 2·-20 S. cum Or-biana 2 L c. Ma-mæa 10 S.	0	Æ 1.2 S. —2 & 3 6 D. Æ 1 c. Maesa 1 L. Æ M. 10 L.	Æ 1. (ex-cepta Antioch. 10 S. Æ 2 & 3. 2 S.	Æ 1.1 S. —2.1 S. excepto numo cum CÆSAR.

Barbiae

	Aurei.	Argentei.	Aenei.			Graeci.	Coloniar.	Aegypt.
			majoris moduli.	medii moduli.	min. moduli.			
Barbiae Orbianae	25 L.	5 S. PVDICITIA 1 L.	15 S.	5 S.	0	Æ 1. Sidae 4 L. — 2 & 3. 1 L.	0	1 L.
Jul. Mamaeae (Alexandri matris)	4 L.	1 S.	1 S. M. 21 L.	6 D. FELICITAS PERPETUA 1 L. MATRI CASTRORVM. 10 S	0	Æ 1. 7 S. 6 D. — 15 S. Æ 2 & 3. 2 S. 6 D.	Æ 1.10 S. — 2 & 3. 5 S.	5 S.
Vranii Antonini (tyran. in Germ.)	vnicus in Francogalliae cimelio 60 L.	0	0	0	0	0	0	0
C. J. Ver. Maximini	4 L. LIBERALITAS 8 L.	1 S. al. ob Au. 5 - 15 S.	1 S. al. ob Au. 3 - 15 S. M. 21 L.	1 S. al. ob Au. 3 -- 15 S.	0	Æ.1.1 L. — 2.5 S. cum filio 1 L. Æ 3. 1 S. 6 D. ÆM.5 L	Æ2.15 S. — 3.4 S.	2 S.
Paulinae, vxoris eius	0	1 L.	10 S. c. tensa Consecrationis 30 S.	0	0	0	0	0
C. J. V. Maximi Caes.	0	10 S.	2 S. VICTORIA AVGG. 2 L.	2 S.	0	Æ 1.30 S — 2 & 3. 5 S. Æ M. 25 S.	Æ 2 & 3 10 S.	0
Gordiani Afr. I.	10 L.	4 L.	2 L.	0	4 L.	0	0	1 L.

Gor

	Aurei.	Argen tei.	Aenei.			Græci.	Colo niar.	Aegypt.
			majoris mo- duli.	medii moduli.	min. modu- li.			
Gordiani Afr. II.	o	4 L.	2 L.	o	o	o	o	2 L.
Balbini	21 L.	4 S. alii ob Au. 10 S.	5 S. alii 30 S.	2 L.	o	Æ 2. 30 S. Æ M. 2 ·· 4 L. prout bene funt fer- uati.	o	1 L.
Pupieni	21 L.	4 S. alii 10 S.	5 S. alii 15 ·· 30 S.	2 L.	o	Æ 1. 3 L. — 2. 1 L. Æ M. 2 ·· 4 L.	o	1 L.
Gordiani Pii	1 S. nonnul- lis ob Au. exce- ptis.	1 S. c. CÆ- SAR 10 S.	1 S. al. ob Au. 4 ·· 30 S. M. 25 L.	6 D. al. ob Au. 2 ·· 20 S.	o	Ar. M. 10 S. Æ 1. 1 S. c. Ab- garo 10 S c. Tran- quillina 2 L. Æ 2. 6 D. — 3. c. Abgaro 1 S. Æ M. 5 ·· 10 L.	Æ 1. 3 S. — 2 & 3. 2 S.	cum Se- rapide 5 S.
Sabiniae Tran- quillinae	o	10 L. Quinar. 10 L.	12 L.	5 L.	o	Æ 1. 1 L. — 2. 10 S. c. Gor- diano 1 L. Æ 3. 10 S. Æ M. 5 L.	Æ 1. 3 L. — 2. & 3. 1 L.	1 L.

	Aurei.	Argentei.	Aenei.			Græci.	Coloniar.	Aegypt.	
			majoris moduli.	medii moduli.	min. moduli.				
Philippi seu.	5 L.	1 S. c. Otacilia et Philippo filio 3 L. al. ob Au. 2 S. 6 D. 6 S. M. 30 S.	1 S. al. ob Au. 2 S. - 2 L. M. 10 L. cum Philippo filio et Otacilia 30 L.	1 S. al. ob Au. 2 - 15 S.	o	Æ. 1. et 2. 1 S. cum Philippo filio et Otacilia 7 S. 6 D. ÆM. 5 L.	Æ 1. 10 S Viminacium 3 S. Æ 2. et 3. 1 S. 6 D.	2 S.	
Otaciliæ Seu.	5 L. SECURITAS ORBIS 8 L.	1 S. vtrinque cum ejus cap. 10 S.	1 S. al. ob Au. 2 -- 12 S. M. 20 L.	1 S.	o	Æ 1. 2. & 3. 2 S. Æ M. 20 L.	Æ 1 et 2. 4 S. --3. 5 S.	5 S.	Ar. M. Syriæ 15 S.
Philippi iun.	5 L. PIETAS AUG. 6 L.	1 S. exceptis illis capitibus, quae diademate carent.	1 S. alii ob Au. vt hippopotam. 10 S. M. 2 -- 10 L.	1 S. alii ob Au. 5 S.	o	Æ 1. 5 -- 20 S. -- 2. 1 S. Antioch. cum tribus Furiis 10 S. Æ 3. 6 D. Æ M. 2 -- 10 L.	Æ 1. (Antiochia excepta) 7 S. 6 D. Æ 2 & 3. 4 S.	2 S.	
P. Caruil. Marini (in Pannonia)	o	o	o	o	o	Æ 1. 5 L. -- 2. 1 L.	o	o	
Pacatiani (in Gallia)*)	o	8 L.	o	o	o	o	o	o	¹) Eius numi plerumque in Prouincia Gallica, hodie *Champagne* vocata, reperiuntur. EUTROPIUS de Decio narrat: Bellum ciuile,

quod in Gallia motum fuerat, oppreſſit. KHELL, vt veriſimile eſt, Pacatianum hoc ſpectare poſſe exiſtimat, Suppl. ad VAILL.

Traj.

	Aurei.	Argentei.	Aenei. majoris moduli.	Aenei. medii moduli.	Aenei. minor. moduli.	Græci.	Coloniar.	Aegypt.
Traj. Decii	3 L.	1 S. VICTORIA GERMANICA 7 S. 6 D.	1 S. CAES. DE-CENNALIA FEL. 2 L. M. 5 L. fed FELICITAS SAECULI et VICTORIA AUG. v. 2. S.	1 S.	2 S.	Æ I. 2 S. 6 D. Æ 2. 1 S. c. capite Herennii 10 S. Æ 3. 6 D. Æ M. 2 -- 5 L.	Æ I. 3 S. — 2 et 3. 2 S. RHESAE-NA cum Etruscilla 10 S.	2 S.
Herenniae Etrufcillae	4 L.	1 S. SAECULUM NOVUM 5 S.	2 S. M. 10 L. fed cum Pudicitia fedente 10 S.	1 S. PUDICITIA AUG. cum tribus figg. 10 S.	o	Æ I. (fi Samos excipitur) 15 S. Æ 2. 3 S. — 3. 4 S.	Æ I. 10 S. — 2 & 3. 3 S.	Ar. M. vil. Syriæ 1 L. 5 S.
Herennii Etrufci Meffii Decii	21 L.	1 S. al. ob Au. 5 -- 15 S. M. 3 L.	5 S. c. inftrument. facrif. 15 S. c. titulo Imperatoris 1 L.	3 S.	o	Æ I. & 2. 10 S. — 3. 7 S. Æ M. 20 L.	Æ I. 10 S. — 2. 5 S. — 3. 15 S.	1 L.
Hoftiliani	21 L.	2 S. 6 D. C. IMP. 5 S. al. ob Au. 10 S.	7 S. 6 D. C. IMP. vt & alii ob Au. 1 L. M. 10 L.	10 S. ROMÆ ÆTERNÆ 1 L.	o	Æ I. 3 L. — 2. 1 L. — 3. 15 S	Æ I. 10 S. — 2. 5 S. cum Herennio 1 L. Æ 3. 5 S.	o
Trebon. Galli	5 L.	1 S. c. folis verbis GALLVS. AVG. 1 L. Quinar. 5 S.	1 S. al. ob Au. 7 S. M. 2 -- 20 L.	1 S.	o	Æ I. 10 S — 2. 7 S. — 3. 5 S. Æ M. 2 -- 20 L.	Æ I. 5 S. — 2 & 3. 2 S. 6 D.	3 S.

	Aurei.	Argentei.	Aenei.			Græci.	Coloniar.	Aegypt.	
			majoris moduli.	medii moduli.	min. moduli.				
Volusiani	5 L.	1 S.	10 S.	5 S.	o	Æ 1.15S —2.10S. —3.5S. —M. 30 L.	Æ 1.7S. 6 D. —2.et 3. 2 S.	3 S.	
Aemiliani (in Italia)	20 L.	2 S. 6 D.	3 L.	2 L.	1 L.	Æ 1.5L. —2.1L.	Æ 1.4L.	o	
Valeriani fen.	3 L.	1 S. al.obAu. 7 S.	5 S. FELICITAS AVGVSTORVM c. curru vel thenfa 2 L. M. 10 L.	5 S. cum Gallieno 1 L.	2 D.	Æ 1.2S.- 7 S. 6 D. —2 & 3 1 S. cum Gallieno et Valeriano jun. 15 S. ÆM.5L.	Æ 1. 3 S. —2 & 3. 2 S.	5 S.	
Marinianae	o	2 S. 6 D.	10 S.	5 S.	2 S.	o	o	o	
Gallieni	2 L. al.obAu. 4 L. GALLIENÆ AVG. 8L M. 8 L.	1 S. al.obAu. 2--10 S. Legiones 2-- 5 S. M. 2 L. Quinar. 2 S. 6 D. Confecr. Antecefor. 2 S.	10 S. al.obAu. 15 S. M. 5-- 10 L. excepta MONETA AVG. 1L	5 S. al.obAu. 10 S.- 1L	2 D.	Æ 1.5S. —2. & 3. 5 S.	Æ 1.3 S. —2.et 3. 2 S.	6 D.	
Saloninae	5 L.	1 S.	10 S. AEQVITAS PVBLICA 1L. M. 10 L.	2 S.	6 D.	Æ 1.7S. —2 & 3. 1 S. —M. 20 L.	Æ 1.10S. —2 et 3. 3 S.	1 S.	Pofteriori tempore perpaucos inuenimus nummos a Coloniis cufos, BEAUVAIS dicit null... Vale-

los, fed fe ipfum locis quibusdam refutat.

	Aurei.	Argentei.	Aenei.			Græci.	Coloniar.	Aegypt.	
			majoris moduli.	medii moduli.	minoris moduli.				
Valeriani iun.	5 L.	1 S.	2 L. IOVI CRESCENTI 4 L.	7 S.	3 D.	Æ 1. 1 L. — 2. & 3. 5 S.	o	o	
Cornel. Superae	o	10 L.	o	o	o	Æ 2. 8 L.	o	o	
Cornel. Salon. Valeriani Gallieni fil.	5 L.	1 S. cum titulo AVG. 1 L.	30 S. M. 30 L.		5 S.	2 D.	Æ 1. 1 L. — 2, et 3. 3 S. cum CE-BACTOC 10 S. Æ 3. c. Gallieno 1 L.	o	o	
Druantillae	o	30 L.	o	o	o	o	o	o	Duo tantummodo eius numi noti funt, quorum alter in cimelio Imperatoris Romano-Germ., alter in collectione comitis ab Ariofto exftat. BEAUVAIS eiusmodi numos ignorat, fed KHELL, qui eos in Supplementis ad Vaillantium affert, auctor nobis eft fide digniffimus.
Macriani (in Perfia)	o	o	o	o	o	o	o	2 L.	Trebellius Pollio, qui Athenis triginta tyrannos fuiffe audiverat,

eundem numerum fub Gallieni imperio afferendum effe cenfet. Sedecim funt, quorum numi innotuerunt. Tyranni, quorum numi hucusque reperti non funt, Cyriades, Ingenuus, Odenathus, Herodianus, Mæonius, Herennianus, Balifta, Valens, Calpurnius Pifo, Caethus Aemilianus, Saturninus, Trebellianus et Celfus nominantur, & tredecim funt numero, ita, vt numerus 29 efficiatur. Si vero vnum duosue duorum, qui fequuntur, Imperatorum, Claudii Gothici nimirum et Aureliani, qui huc referri poffunt, tyrannos fumferimus, numerum, vt aiunt, rotundum *tricenarium* habemus. De imperiis fequentibus Firmii, Septimii, Vrbani, Titi, Crefcentii, Saturnii, Proculi, Bonoſi, Aquilii, Sabini, Achillei, Narfei, numi adhuc cogniti non funt.

	Aurei.	Argentei.	Aenei.			Græci.	Coloniar.	Aegypt.
			majoris moduli.	medii moduli.	min. moduli.			
Macriani filii	o	Ar. vile 10 S.	o	o	10 S.	Æ 2. 1 L.	o	5 S.
Quieti (in Syria)	o	Ar vile 10 S.	o	o	10 S.	Æ 2. 1 L.	o	Æ 2. 1 L. —3. 10 S.
Zenobiæ (in Palmyra, Syria et Aegypto)	o	o	o	o	o	o	o	4. L.
Timolai Zenobiae fil.	o	o	o	o	o	Æ. 3. vnicus in Hunteri cimelio 20 L.	o	o
M. C. Latien. Poftumii patris (in Gallia) *)	2 L. cum filio 5 L. minimi 3 L.	Ar. vil. 1 S. cum duobus capitibus 1 L.	2 S. al. ob Au. 5 S. -- 1 L. M. 3 L.	1 S. al. ob Au. 5 -- 20 S.	6 D.	o	o	o	*) Gallia generatim fimul Britanniam, Hifpaniam et Belgium complectitur.
C. J. C. Poftumi fil.	5 L.	Ar. vil. 2 L.	2 L.	o	o	o	o	o	Nonnifi in patris numis reperitur.
Laeliani (in Gallia)	10 L.	4 L. Ar. vil. 2 S.	o	o	2 S.	o	o	o
M. Piauv. Victorini patris (in Gall.)	5 L.	1 L. Ar. vil. 10 S.	o	o	2 D. CONSECRATIO 3 S.	o	o	o

L. Aur.

	Aurei.	Argentei.	Aenei.			Græci.	Coloniar.	Aegypt.
			majoris moduli.	medii moduli.	minor. moduli.			
L. Aur. Piauv. Victorini (filii)	o	ÆQUITAS AUG. Ar. vil. 2 S.	o	o	ÆQUITAS AUG. 2 S.	o	o	o
Victorinae (matris Victorini I.)	o	o	o	o	2 L.	o	o	o
Marii Aug. (in Gallia)	10 L.	Ar. vil. 10 S.	o	o	2 S. PACATOR ORBIS 10 S.	o	o	o
Aureoli (in Illyrico)	20 L.	o	o	o	2 L.	o	o	o
Regaliani Aug. (in Dacia)	o	30 L. *)	o	o	o	o	o	o) Numus primum a JOS. KHELL publicatus, et BEAUVAISIO incognitus.
Claudii Goth.	10 L.	2 L.	M. 10 S.	2 S.	2 D. alii, vt. REGI ARTIS 10 S. *)	ÆI. 1 L.	Antioch. in Pisidia 10 S.	ÆI. 1 L. —2 & 3. 1 S. *) De la Baftie numos argenteos, & BEAUVAIS boni argenti numos a Claudio Goth. vsque ad Diocle-

tianum non reperiri contendit. A Floriano, Probo & familia Cari adeo denarii vilis argenti rari funt, & pretium eiusmodi numi 2 L. æftimatur Si quis purioris argenti numus occurreret, vnicus haberi poffet. Collectores hoc interuallum numis argento, quin numis Probi æneis non nifi ftanno, tinctis, explent. Verum numi illi nunquam foli in vlla Imperii cuiusdam periodo in vfu fuiffe putantur, fed communes fuerunt et iis regnantibus, qui numis melioris notæ vna vtebantur, vt e. g. Gallieni tempore. Addere poffem & quinarios purioris argenti in eorum imperio occurrere, quibus tantum numi viliores tribuuntur et quis quæfo, putaret, denarium argento tantummodo tinctum, partem eius purioris fuiffe argenti? Denarii argento aut ftanno tincti fine dubio denarii ærei ætate Aureliani fuerunt & a numis argenteis tunc vfitatis valde funt diftinguendi. Qui feries numorum, fingulis metallis feparatis, inftruit, numos argento vel ftanno tinctos feriei minimi moduli addere, vel melius ordine proprio illos feparare, minime vero illos, fine vlla caufa, argenteis addere poterit. Ridiculum fane eft, eiusmodi numos argenteis vel æneis admifcere, quafi tinctio illa eos meliores vel deteriores redderet; quin alii huius fcientiae tam imperiti funt, vt audaciter eos folos illorum temporum numos argenteos fuiffe contendant. — Quae hic diximus, etiam ad numos ægyptios æris fragilis (billon), & argento tinctos referri poffunt.

Quin-

	Aurei.	Argentei.	Aenei.			Græci.	Coloniar.	Aegypt.	
			majoris moduli.	medii moduli.	min. moduli.				
Quintilli	30 L.	Ar. vii. 10 S.	o	o	6 D.	o	o	5 S.	
Aureliani	2 L. M. 10 L.	10 S.	M. min. cum Seuerina 3 S.	6 D. c. SOL DOMI-NVS IMP. ROM. 10 S	2 D.	o	o	M. min. c. Athenodoro 3 L. Æ 3. 2 D.	
Seuerinæ	3 L.	Ar. vii. 2 S.	M. c. Aureliano 2 S.	6 D.	6 D.	o	o	1 S.	
Vabala-thi*)(in Palmyra)	o	Ar. vii. 3 S. fine Aureliano 2 L.	o	o	3 S. fine Aureliano 2 L.	Æ. 2. cum folo eius capite 4 L.	o	6 D. Æ 2. 10 S.	*) Historia Augusta p. 728, nummorum Odenathi et Firmii p. 952, mentionem facit, Vabalathus paruam ab Aureliano, cum regis nomine, habuit prouinciam; & fortasse literae VCRIMDR per: Voluntate Cæfaris Romani Imperatoris Maximi Domini Rex -- explicari possunt.
P. Piues. Tetrici Aug. (in Gallia)	4 L. c. G. (neius) 5 L. cum filio 6 L.	Ar. vii. 7 S.	M. 20 L.	o	3 D. capita patris & filii iugata 2 L.	o	o	o	
C. Piues. Tetrici Cæfaris	10 L.	Ar. vii. 7 S. 6 D.	o	o	6 D.	o	o	o	
Taciti	2 L.	Ar. vii. 5 S.	M. 30 S.	10 S.	2 D.	o	o	3 S.	
Floriani	4 L.	o	M. 10 S.	5 S.	3 D.	o	o	o	
Probi	2 L. alii 4 L. M. 8 L.	5 L. Quinarii 10 S.	M. 1 L.	10 S.	1 S. c. Confulatibus circa caput 2 S. 6 D.	o	o	6 D.	

	Aurei.	Argen-tei.	Aenei.			Græci.	Colo-niar.	Aegypt.	
			majoris mo-duli.	medii mo-duli.	min. moduli.				
Cari	2 L. DOMI-NO ET DEO CA-RO 4 L.	Quinarii 2 L.	M. 1 L. cum Ca-rino et in Au. c. quatuor anni tempori-bus 10 L.	capita patris et filii iu-gata 30 S.	capita patris et filii iuga-ta 30 S.	o	o	1 S.	*) BEAUVAIS Vrbicam Cari vxorem fuiſſe ſtatuit, ſed nu-mus vnicus ae-neus, a KHEL-LIO publicatus, Carino eam ad-ſignat.
Nume-riani	4 L.	Quinarii 2 L.	M. 1 L.	10 S.	3 D.	o	o	1 S.	
Carini	4 L. cum Nu-meriano 8 L.	Quinarii 2 L.	M. 1 L. alii 2 L.	10 S.	3 D.	o	o	3 D.	
Magniæ Vrbicæ*)	12 L.	4 L.	M. 2 L.	10 S.	5 S.	o	o	o	
Nigriani	o	o	o	o	vnicus in Hun-teri cim. 10 L.	o	o	o	
Nigri-niani	o	10 L.	o	1 L.	5 S.	o	o	o	
M. A. Ju-liani (in Pan-nonia)	10 L.	5 L.	o	o	2 L.	o	o	o	
Diocle-tiani	2 L. M. 8 L.	10 S. al.ob Au. 2 L.	M. 10-30 S.	1 S.	2 D.	o	o	Æ 2.10 S. —3. 2 D.	
M. A. Val. Maxi-miani (Hercul.)	2 L. c. eius et Diocle-tiani conſulat. Rrr. M. 8 L.	2 S. al.ob Au. 1 L. M. 2 L.	M. 10-30 S.	1 S. capita eius et Herculis iugata 3 L.	3 D.	o	o	Æ 2. ca-pita eius & Her-culis iu-gata 10 S. Æ 3. 3 D.	

	Aurei.	Argentei.	Aenei. majoris moduli.	medii moduli.	min. moduli.	Græci.	Coloniar.	Aegypt.	
Constantii I. (Chlori)	3 L. al.ob Au. 4 L.	4 S. al.ob Au. 1 L. M. 30 S.	M. 1 L. al.ob Au. maioris habentur pretii.	6 D.	6 D.	o	o	2 S. 6 D.	
Fl. Jul. Helenae	40 L.	o	o	o	6 D.	o	o	o	
Theodorae	2 L.	o	o	o	6 D.	o	o	o	
Gal. Val. Maximiani (Arment.)	3--5 L.	10 S.-- 1 L. M. 3 L.	M. 2 L.	3 D.	3 D.	o	o	5 D.	Ab hoc tempore perpauci numi Græci ei Aegypt. inueniuntur, vsque ad Nicephorum, qui quingentorum annorum spatio elapso regnauit. BEAUVAIS nullos reperiri dicit, sed æque ac supra sine vlla ratione.
Galeriae Valeriae	8 L.	o	o	2 S.	2 S.	o	o	o	
Amandi (in Gallia)	o	o	o	o	4 L.	o	o	o	
Carausii Aug. *) (in Britannia)	50 S. VIRTVS CARAVSII circa caput eius 60 L.	2 L.	o	o	1 S. al.ob Au. 1 L.	o	o	o	*) Carausio hic titulus a Diocletiano & Maximiano tributus, ideoque legitimus princeps fuit, quare eum omni ex parte vt Imperatorem Rom. considerare possumus.
Allecti Aug. (in Britann.)	21 L.	5 L.	o	o	1--10 S.	o	o	o	
L. Domit. Domitiani (in Aegypto)	o	10 L.	o	o	10 S.	o	o	Æ 3. 2 L.	
Fl. Val. Severi	5 L.	M. 3 L.	M. 1 L.	2 S.	5 S.	o	o	o	

C. G. Val.

	Aurei.	Argentei.	Aenei.			Græci.	Coloniar.	Aegypt.	
			majoris moduli.	medii moduli.	minor. moduli.				
C. G. Val. Maximini	3 L.	Quinar. 4 L. M. 2 L.	M. 1 L.	6 D. FILIVS AVGG. 5 S.	3 D.	o	o	o	
Maxentii (Romae)	3 L. PRINCEPS IVVENTVTIS 4 L.	vnicus in cimelio d'Ennerii 6 L.	M. 3 L.	3 D.	3 D.	o	o	o	
Romuli Maxentii filii	vnicus in collectione Pellerinii, qui 50 L. pro hoc nummo accipere recufauit.	Quinarius vnicus in d'Ennerii collectione 8 L.	o	10 S.	10 S.	o	o	o	
Alexandri Aug. in Africa)	o	o	o	3 L.	2 L.	o	o	o	
Licinii patris	3 L.	M. 2 L. Ar. vile 1 L.	M. 3 L.	3 D.	3 D.	o	o	o	
Licinii filii	5 L.	o	o	o	3 D.	o	o	o	
Martiniani (in Bithyn.)	o	o	o	o	2 L.	o	o	o	●
Constantini M.	1 L. al. ob Au. 3 L. M. 5 L.	10 S. M. 2 L.	M. 30 S.	6 D. FILIVS AVG, in Adu. et GENIO FILII AVGG. in Au. 10 S.	1 D. Genebrier 1200 eorum posfidet.	o	o	o	

H 2

Maxi•

	Aurei.	Argentei.	Aenei. majoris moduli	Aenei. medii moduli.	Aenei. min. moduli.	Græci.	Coloniar.	Aegypt.	
Maximæ Fauſtæ	20 L. M. 50 L.	2 L.	M. 3 L.	o	6 D.	o	o	o	
Criſpi	5 L.	o	M. 1 L.	o	2 D.	o	o	o	
Helenæ	o	o	o	o	10 S.	o	o	o	
Fauſtæ N. F.	o	o	o	o	5 S.	o	o	o	N. F. in his nummis denotat: Nobiliſſima Femina.
Delmatii	8 L.	o	o	o	3 S.	o	o	o	
Hanniballiani	40 L.	o	o	o	2 L.	o	o	o	
Conſtantini iun.	4 L.	M. 2 L. Ar. vil. 10 S.	M. 1 L. alii 2 L.	o	2 D.	o	o	o	
Conſtantis	15 S. al. ob Au. 2 L. M. 5 L.	1 S. al. ob Au. 10 S. M. 1 L.	M. 10 S.	3 D.	3 D.	o	o	o	
Saturnini*)	o	o	o	o	3 L.	o	o	o	*) Litera A poſt caput, ut in M gnientii numis, eum Galliæ ty rannum fuiſſe in nuere videtur.
Conſtantii II.	15 S. alii 1 L. Quinarii 1 L. M. 10 L.	1 S. al. ob Au. 10 S. M. 1-2 L.	M. 15 S.	3 D.	3 D.	o	o	o	

Fl. Popil.

	Aurei.	Argentei.	Aenei.			Græci.	Coloniar.	Aegypt.
			majoris moduli,	medii moduli,	min. moduli.			
Fl.Popil. Nepotiani, f. Nepot. Constantini Aug.(Romae)	o	o	o	3 L.	3 L.	o	o	o
Vetranionis (in Pannonia)	20 L.	5 L. M. 10 L.	o	1 L.	10 S.	o	o	o
Magnentii (in Gallia)	1 L. Quinar. 1 L. M. 10 L.	10 S. al.ob Au. 1 L.	M. 10 S.	3 D.	3 D.	o	o	o
Decentii (in Gallia)	2 L.	3 L. M. nuperrime detectus 5 L.*	1 L.	6 D.	3 D.	o	o	o
Constantii Galli	4 L. M. 10 L.	10 S. M. 3 L.	M. 2 L.	6 D.	6 D.	o	o	o
Juliani (Apostatae)	1 L. al.ob Au. 2 L. M. 10 L.	1 S. alii ob Auers. rariores 5 .. 13 S. CÆSAR, SPES REIP. 2 L. M. 2 L.	M. 10 S.	2 S.	1 S. cum eius, vt Serapidis, capite, DEO SERAPIDI 10 S.*)	o	o	o

*) Numus quoque eius exstat æneus minimi moduli, qui, vt videtur, eo regnante cusus est. Altera ex parte APOLLINI SANCTO K. SMA.; altera Genius Antiochiæ, et GENIO ANTIOCHENI (scil. posuere). Numus iste eximiæ raritatis & singulare quid est,

	Aurei.	Argentei.	Aenei.			Græci.	Coloniar.	Aegypt.	
			majoris moduli.	medii moduli.	minoris moduli.				
Helenæ	o	o	o	o	cum eius nomine; aut ISIS FARIA 2 S.	o	o	o	) Bandurius nummos cum FLA. MAX. ei tribuit.
Jouiani	3 L. alii 4 L.	2 S. VICTORIA AVG. 10 S.	M. 1 L.	2 S.	6 D.	o	o	o	
Valentiniani sen.	15 S. alii 1 L. M. 10 L. Quinar. 1 L.	1 S. al.obAu. 10 S. M. 30 S.	M. 10 S.	2 D.	2 D.				
Valentis	15 S. al.obAu. 30 S. M. 10 L. Quin.1L	1 S. al.obAu. 5 S. M. 10S.-20 S.	M. 7--14 S.	2 D.	2 D.	o	o	o	
Procopii (Constantinopoli)	10 L.	2 L.	o	o	1 L.	o	o	o	
Gratiani	15 S. al.obAu. 1 L. M. 8 L.	1 S. al.obAu. 10 S. M. 2 L. Quinarii 10 S.	M. 10 S.	1 S.	3 D. GLORIA NOVI SÆCVLI 2 S.	o	o	o	
Valentiniani iun.	15 S. M. 10 L.	1 S. al.obAu. 10 S. M. 4 L.	M. 30 S.	2 D.	2 D.	o	o	o	
Theodosii M.	15 S. alii 1 L.	1 S. alii 7 S. M. 10 S.	M. 5 L.	6 D.	6 D.	o	o	o	

	Aurei.	Argentei.	Aenei.			Græci.	Coloniar.	Aegypt.
			majoris moduli.	medii moduli.	minor. moduli.			
Flaccillae	3 L.	2 L.	o	2 S.	2 S.	o	o	o
Magni Maximini (in Britannia et Gallia)	1 L. alii 2 L.	5 S. alii 10 S.	o	6 D.	6 D.	o	o	o
Victoris (ejus filii, in Gallia)	2 L.	5 S.	o	o	2 S.	o	o	o
Eugenii (in Gallia)	2 L.	6 S.	o	o	1 L.	o	o	o
Arcadii	15 S. alii 20 S. M. 10 L.	1 S. alii 7 S. M. 1 L.	o	6 D.	6 D.	o	o	o
Eudociae	3 L.	2 L.	o	o	2 S.	o	o	o
Honorii	15 S. M. 10 L.	1 S. M. 1 L.	M. 10 S.	6 D.	6 D.	o	o	o
Constantii III.	20 L.	o	o	o	o	o	o	o
Gallae Placidiae	5 L.	2 L. Quinarii 1 L.	M. 6 L.	o	o	o	o	o
Fl. Cl. Constantini (in Britannia et Gallia)	2 L.	5 S.	o	o	o	o	o	o
Constantis Aug.	o	2 L.	o	o	o	o	o	o

	Aurei.	Argentei.	Aenei.			Græci.	Coloniar.	Aegypt.	
			majoris moduli.	medii moduli.	min. moduli.				
Jouini (in Gallia)	3 L.	5 S.	o	o	o	o	o	o	
Sebastiani	o	2 L.	o	o	o	o	o	o	
Prisci Attali (in Gallia)	3 L.	2 L.	o	o	10 S.	o	o	o	
Theodosii iun.	15 S. al. ob Au. 1 L.	o	o	6 D.	6 D.	o	o	o	Du Cangius nummos cum fa... obliqua The... sio I, cum facio plena Theodosio II. tribuit. Prior sedecim tantum annos regnavit, quare VOT. XXX. ad secundi regnum pertinet.
Ael. Eudoxiae	3 L.	2 L.	o	o	2 S.	o	o	o	
Johannis (in Italia)	3 L. minimi 2 L.	2 L.	o	o	2 L.	o	o	o	
Fl. Placid. Valentiniani	15 S. M. 5 L. minimi 10 S.	10 S.	M. 10 S.	o	o	o	o	o	
Lic. Eudoxiae	4 L.	o	o	o	o	o	o	o	
Honoriae	8 L.	o	o	o	o	o	o	o	
Atenlæ f. Atilæ (Hunnor. regis)	minimi 5 S.	1 S.	o	o	o	o	o	o	Pretium numorum æneorum PINKERTON 7 S. 6 D. constituit, sed modulum omisit Simul vero ad h... addit, dubium es... se, an numi cum ATEVLA Atilae sint adscribendi.
Petronii Maximi (Romae)	2 L.	2 L.	o	o	2 L.	o	o	o	
Marciani	1 L. M. parui 2 L.	o	o	o	10 S.	o	o	o	

Aeliae

	Aurei.	Argentei.	Aenei.			Græci.	Coloniar.	Aegypt.
			majoris moduli.	medii moduli.	min. moduli.			
Aeliae Pulcheriae	2 L. minimi 2 L.	2 L.	o	o	o	o	o	o
Auiti	2 L.	2 L.	o.	o	10 S.	o	o	o
Leonis Aug.	15 S. VIRTVS AVG. 1 L.		o	o	o	o	o	o
Ael. Verinae	5 L.	o	o	o	o	o	o	o
Maioriani	1 L. VOTIS MVL. TIS 30 S.	30 S. Quinarii 1 L.	o	o	10 S.	o	o	o
Libii Seueri	15 S. minimi 5 S.	10 S.	o	o	o	o	o	o
Procop. Anthemii	1 L.	5 L.	o	o	o	o	o	o
Anic. Olybrii	5 L.	o	o	o	o	o	o	o
Glycerii	3 L. minimi 1 L.	o	o	o	o	o	o	o
Fl. Leonis	2 L.	o	o	o	o	o	o	o
Zenonis	15 S.	5 S.	o	5 S.	2 S.	o	o	o

	Aurei.	Argentei.	Aenei.			Græci.	Coloniar.	Aegypt.	
			majoris moduli.	medii moduli.	min. moduli.				
Jul. Nepotis	1 L. minimi 10 S.	2 L.	o	o	o	o	o	o	
Fl. Romuli f. Momylli Aug.	2 L. minimi 1 L.	o	o	o	o	o	o	o	Romulo ab Odoacro Ravennæ, capto, Imperium Rom. occidentale defiit ; et Byzantinorum Im-

peratorum numi prorfus barbari funt, ita, vt non emantur, nifi ferierum magni cimelii complendarum caufa,

INDEX ALPHABETICUS.

Con-

Nerua

INDEX ALPHABETICUS.

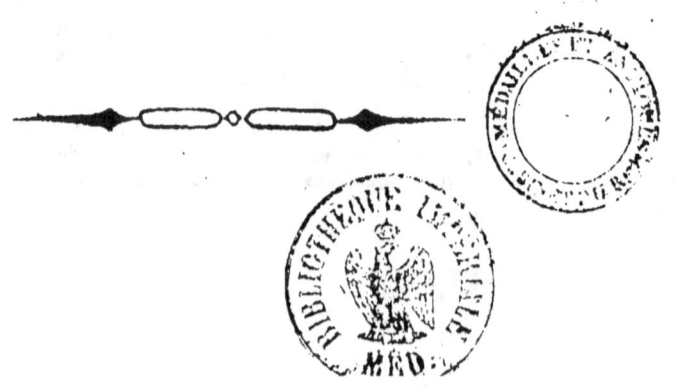

CORRIGENDA

in Pinkertonii Notitia Raritatis Numor. Imperialium Romanorum.

gina III. in columna Graec. Liviae Æ. 2. 10 S. lege 20 S.
— IV. — — Aegypt. Tiberii Ar. 5 L. lege 5 S.
— VII. — — Colon. Octaviae c. folo cap. lege Æ. 3. c. folo cap.
— X. — — Graec. Vespaf. jun. fub Tito vel Vespafiano lege: fub Tito vel Domitiano.
— XIII. in col. Argent. Fauftinae fen. ante: Ar. vil. c. Antonino pone lit. M.
— XIV. infra ad Commodum in fecunda fectione notae, lege: Sub ejus imperio numi argentei Aegyptii, femper viliores numis etc.
— XVI. in columna Graec. Sept. Severi lin. 5. M. c. Syr. lege: M. Syr.
— XVIII. in col. Colon. Getae, Æ. 2. et 3. 2 S. 6 D. lege: 1 S. 6 D.
— XIX. in columna Graec. Sev. Alexandri, Æ. 1. c. Maefa lege: Æ. 2. c. Maefa.
— XXI. — — numor. aur. Gordiani Pii 1 S. lege: 1 L.
— XXVIII. in columm. min. mod. Probi 1 S. lege 1 D.
— XXX. — — Aeg. Maximiani Arment. 5 D. lege 5 S.
— — — aur. Caraufii 50 S. lege 50 L.
— XXXIII. in col. majoris mod. Decentii 1 L. lege M. 1. L.
— XXXV. in colum. Argent. Arcadii dele M. 1. L. et fequenti col. majoris mod. idem imponas.

In Pinkertonii Notitia Rar. Numism. Populorum veter. etc.

g. III. col. 1. lin. 8. loco Ar. 3. v. Ar. 3. v. lege: Ar. 3. v. Æ. 3. v.
— — 2. — 6. loco Æ. 3. lege Æ. 2.
IV. — 2. Antintani lege Atintani.
V. — 1. lin. 3. Aornus in Epiro, adde Æ. 3. Rrr.
VI. — 1. in litt. B. lin. 10. ad Barium in Apulia, adde: Æ. 3. Rrr.
VI. — 2. in litt. B. lin. ult. ad Byzantium in Thracia, adde: Æ. 2. et 3. v.
X. — 1. lin. 15. lege: Eryx in Sicilia Rrr.
XI. — 1. — 6. lege: Heraclea in Ponto Cappadocico Rrr.
XI. — 1. — 54. lege: Hybla magna in Sicilia Æ. 2. Rrr.
XII. — 1. — 2. lege: Ismenium in Boeotia Rrr. — caetera dele.
XIV. — 1. litera N. lin. 5. lege: Naupactus in Aetolia Ar. 3. Rrr. — et fub lit. M. col. 1. Mysomacedones loco: Myscomacedones.

Pag. XV. lege Offeta l. Offet in Hispania Baetica, Æ. 2. v.
— XVI. lege Philippopolis, Æ. 3. Rrr. *Goltz.*
— XVII. loco fuo infere: Selge in Pifidia, Ar. 2. R. Æ. 3. Rr.
— XVII. col. 2. lege: Seriphus infula, Æ. 2. et 3. v. Æ. 3. Rr.
— XVIII. lege loco fuo, Tabala Rrr.

In Pinkertonii Notitia Rar. Num. Regum.

Pag. XXII. fub Archelao II. lege: cum Joue; in Adv.
— XXIII. fub Demetrio II. lege: Ar. tetr. R.
— XXIII. fub Dionyfio I. lege: Stanneus numus, tetradrachmali magnitudine. Rrr.
— XXV. lin. 6. loco: Pthias lege: Phtias.
— XXVII. Archaeus III. lege: Achaeus (absque III.)
— XXIX. lege: Arfaces II. Tiridates.
— XXXII. fub nomine Mithradatis V. poft verba: *opem tulit* lege: Æ. 3. Rrr.
— XXXIV. lin. 1. lege ΦΙΛΕΛΛΙΝΟΣ, (nam fecundum *Pinkertonium* hic error infcriptioni
      jus numi ineffe videtur.)
— — in regib. Galatiae Claeantolus lege: Caeantolus.
— XXXV. lin. 9. loco Av. lege AV.

XII.

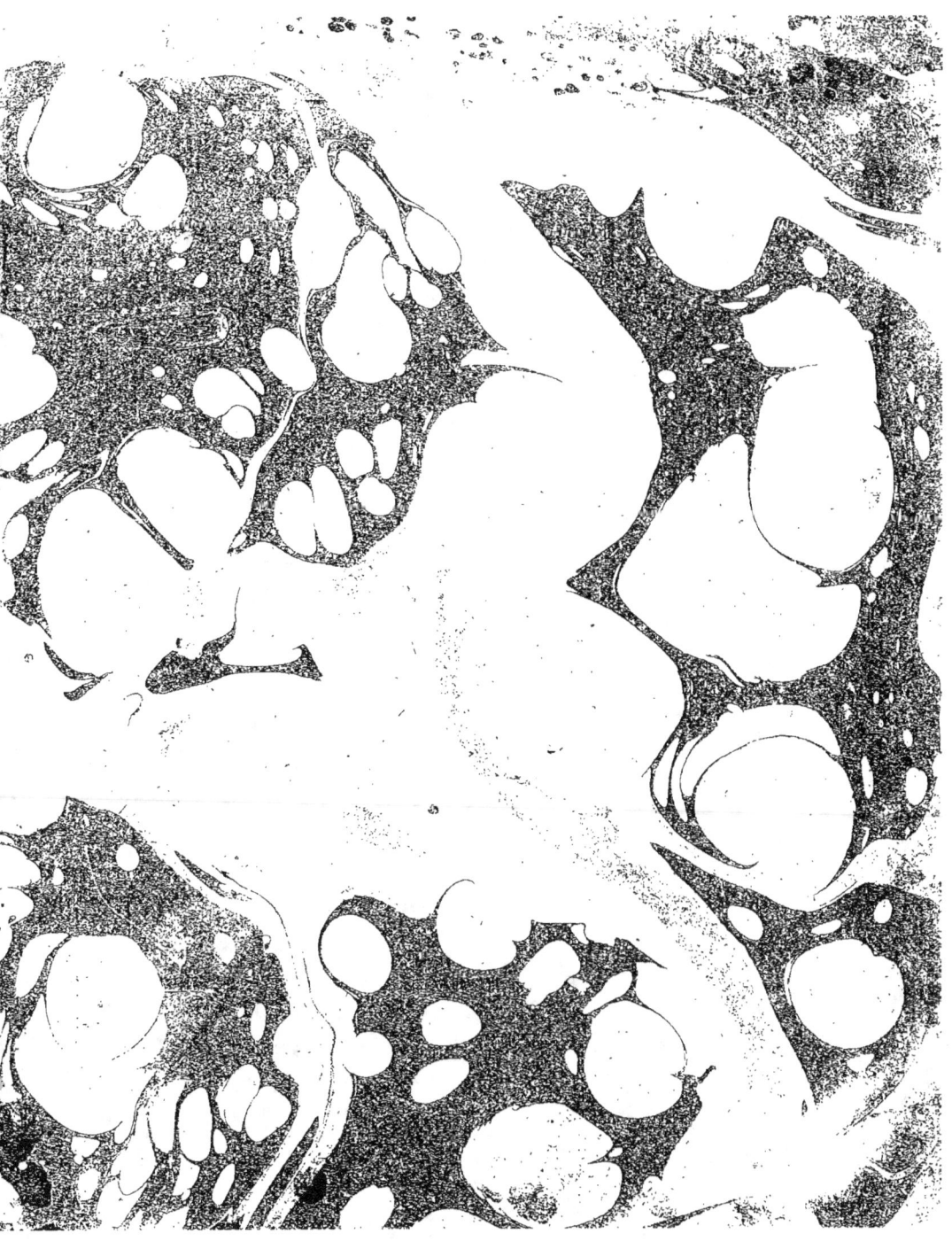